그들의 문학과 생애

한국문학평론가협회 │ 한길사 공동기획

그들의 문학과 생애

김남천

정호웅 지음

한길사

그들의 문학과 생애

김남천

지은이 · 정호웅

펴낸이 · 김언호

펴낸곳 · (주)도서출판 한길사

등록 · 1976년 12월 24일 제74호

주소 · 413-756 경기도 파주시 교하읍 문발리 520-11
　　　　www.hangilsa.co.kr
　　　　E-mail: hangilsa@hangilsa.co.kr

전화 · 031-955-2000~3　　　팩스 · 031-955-2005

상무이사 · 박관순 | 영업이사 · 곽명호
편집 · 박희진 박계영 안민재 이경애 | 전산 · 한향림 | 저작권 · 문준심
마케팅 및 제작 · 이경호 | 관리 · 이중환 문주상 장비연 김선희

출력 · 지에스테크 | 인쇄 · 현문인쇄 | 제본 · 성문제책

제1판 제1쇄 2008년 1월 31일

값 15,000원
ISBN 978-89-356-5975-3 04810
ISBN 978-89-356-5989-0 (전14권)

조선의 문학은 가까이 30년에 이르는 신문학의 역사를 가지고 있고 십 유여有餘 년의 신흥문학의 경험 위에 서 있다. 이 기반에서 훌쩍 떠나서 고대로 날아가 보아도 문학은 전진하지 못한다. 이것을 내버리고 훌륭한 미래를 환상하여도 문학은 번영할 수 없다. 우리는 이 현실적 기반 속에서 아세아적 특수성을 극복하고 새로운 문학을 창조하여야 한다.

································· 김남천, 「고전에의 귀환」

머리말

　김남천은 소설가·평론가·수필가로서 동시대 문필가 중에서는 손꼽힐 만큼 많은 글을 남겼다. 그 많은 글 중에서 자신의 아버지에 대한 언급은 단 한 줄도 찾을 수 없는데, 특이하다. 내 생각에 이 사실은 김남천의 삶과 문학이, (1)아버지로 표상되는 과거(전통·집)로부터 벗어나 미래(이념·새로운 집)를 향해 내달린 혁명적 정치성의 삶과 문학이고 (2)아버지(과거·전통·집)에 대한 탐구에 근거하지 않은 무조건적 부정의 삶과 문학이며 (3)그러므로 김남천의 혁명적 정치성의 삶과 문학은 과거를 안고 그 속에서 새롭게 솟아오른 변증법적 지양태가 아니라는 것을 상징하는 것으로 보인다.

　때로는 문학과 조직운동의 동지로, 때로는 겨루어 이겨내야 할 적수로 김남천과 어깨를 나란히 하고 프로 문학을 이끌었던 임화의 문학 속에서도 우리는 아버지에 대한 언급을 거의 찾을 수 없다. 프로 문학을 대표하는 두 사람의 문학 속에 아버지가 없다는 이 사실은 1920년대 초반에 배태된 한국 프로 문학의 핵심 특성을 내보이는 것이라는 게 내 판단이다. 한국 프로 문학은, 김남천의 삶과 문학이 그러했듯, 혁명적 정치성의 문학이며 객관적 탐구에 근거하지 않은 무조건적 과거 부정의 문학이며 과거와 변증법적으로 관계되지 않은 문학이었다. 되돌아보면 해방 이전 한국문학을 이끈 주도적인 정신은 아버지 부정의 정신이었다. 전통 단절, 소년 예찬 등 그 깃발의 이름은 사람에 따라, 때와 장소에 따라 달랐지만 그 핵심은 아버지 부정의 정신이었던 것이다.

아버지 부정의 정신에 몸을 싣고 김남천은 중심을 향해 내달렸다. 그 내달림을 이끈 것은 이미 존재하는 중심에 진입하여 그 중심의 일부분이 되고자 하는 욕망이 아니라, 이미 존재하는 중심을 허물고 새로운 중심을 구성하고자 하는 욕망이었다. 그는 새로운 질서, 새로운 세계 창조의 전위이고자 하였다.

김남천의 삶과 문학은 그의 길지 않은 생애 내내 잠시도 가라앉지 않았던 역사의 격랑을 뚫고 펼쳐졌다. 여러 편의 장편을 시도했지만 대부분이 미완성품이라는 사실이 이를 증거한다. 그가 시도한 장편 가운데 완성품은 『사랑의 수족관』한 편뿐이다. 『대하』와 그 2부의 앞부분에 해당하는 『동맥』 연작을 비롯하여 『낭비』, 『1945년 8·15』, 『시월』 등은 모두 미완에 그치고 말았다.

격랑 한가운데 들어 크게 흔들리면서도 김남천은 고투하여 우리 문학사에 우뚝 솟은 큰 봉우리 하나를 세웠다. 90여 편의 평론, 한 편의 장편을 포함하여 40여 편의 소설, 두 편의 희곡, 한 권으로 묶기 어려울 만큼 많은 수필 등 방대한 분량의 작품들이 있어 한 뛰어난 재능의 성실한 삶과 그가 앞장서 열어나갔던 문학사의 한 시기를 증언해주고 있는 것이다.

김남천은, 역사와 맞서 이상의 역사를 창조하고자 고투하였으나 비정한 역사 전개에 압살당했던 많은 사람들과 마찬가지로 오랫동안 캄캄 어둠 속에 갇혀 있었다. 은밀한 귓속말로 전해지는 풍문 속에서, 몇몇 국문학 연구자의 논문과 저서 속에서 이름의 일부가 가려지거나 깎여나간(金天 또는 金○天) 그를 만날 수 있었을 뿐이다.

김남천이 완전한 이름으로 복원되어 우리 앞에 나타난 것은 1988년이었다. 월북문학예술인에 대한 정부의 공식 해금이 있었던 것이다. 그로부터 20년, 김남천의 삶과 문학에 대한 국문학계의 연구물이 그가 남긴 작품의 키를 훨씬 넘어설 정도로 나왔다. 이 평전은 이들 연구물들로 해서 비로소 씌어질 수 있었다.

저자가 이 책의 원고를 다 써서 한국문학평론가협회의 장영우 교수에게 넘긴 것은 2002년 8월 6일 밤이었다. 원고를 넘긴 뒤 밤새워 짐을 꾸려 그 다음날 미국행 비행기를 탔다. 방문 학자의 자격으로 미국 서부의 캘리포니아 주립 버클리 대학 한국학연구소에서 1년간 머무르게 되었기 때문이다. 그리고 5년이 흘렀다. 우여곡절이 있었으리라. 다행히 한국문학평론가협회가 기획한 의욕적인 출판 계획이 무산되지 않아 지금 이렇게 머리말을 쓸 수 있게 되었다.

묻힐 뻔했던 원고가 책으로 간행될 수 있게 되었으니 기쁘지만, 아쉬움도 적지 않다. 무엇보다도 5년 전의 초고에서 크게 달라지지 않았다는 게 마음에 걸린다. 부분부분 조금밖에 수정하지 못했으며, 덧붙여 빈 곳을 채우는 일도 많이 하지 못하였다. 지금으로선 도리가 없으니, 계속해 보완해나가겠다는 말로 이만 물러설 수밖에 없다.

2007년 초겨울
정호웅

김남천

아버지 부재의 삶과 문학

  1953년 8월 김남천(1911~53)은 조선인민의 이름으로 역사의 뒷전으로 강제 추방되었다. 고향인 성천을 껴안고 흐르는 비류강의 본류인 대동강, 당대의 유수한 명문 평양고보의 모표를 자랑스레 번쩍이며 미래에의 가슴 벅찬 꿈을 키웠던 대동강가에서였다. 1920년대 후반에서 남북분단이 확정되는 1948년에 이르기까지의 문학사 전개 한복판에 임화와 함께 언제나 있었던 문제적 인물, 세계대공황·일본의 군국주의화·만주침략·중일전쟁·세계대전·해방, 그리고 분단으로 이어지는 비극적 역사 전개를 오로지 문학을 통해 '민사(悶死)에 가까운 성전'을 치르듯 온몸으로 감당했던 치열한 한 정신의 최후였다. 더구나 북로당과 남로당의 헤게모니 쟁탈전의 와중이었으니 허망한 종언이었다.

  현재로서는 김남천의 최후를 정확하게 알 수 없다. 증언자에 따라 그 내용이 다르기 때문인데, 출옥하는 김남천을 둘째 딸 희완이 업고 나왔다는 '어렴풋한 소문'을 남한의 친지들이 들었다는 증언을 따른다면 임화와는 달리 사형의 극형은 면했던 것으로 짐작할 수 있다.[1] 그러므로 여기서의 '최후' 또는 '종언'은 육신의 죽음이 아니라, 문인으로서의 죽음이며 혁명가로서의 죽음을 뜻한다.

그 마지막을 모르듯 우리는 김남천의 처음에 대해서도 거의 모른다. 1911년 3월 중순 평안남도 성천군 성천면 하부리에서 김영전의 2남 4녀 가운데 장남으로 태어났다는 것, 본명은 항렬에 따라 지은 효식(孝植)이었다는 것, 아버지는 적지 않은 농토를 소유한 중농이었으며 군청의 공무원(속관)이기도 했다는 것 등이 전부이다.[2] 김남천은 그토록 많은 글을 썼음에도 불구하고 자신의 처음에 대해서는 거의 말하지 않았다. 고향을 배경으로 한 작품도 많이 썼고, 빼어난 고향 산수를 그린 글도 많으며, 고향에 대한 그리움을 드러낸 경우도 곳곳에서 만날 수 있지만, 자신의 뿌리인 집안에 대해 언급한 것은 거의 찾을 수 없다. 특히 아버지 김영전에 대해서는 한 마디도 남기지 않는데, 기이한 느낌조차 들 정도이다.[3]

누구에게나 그러하듯 아버지는 아들에게 애증의 대상이다. 증(憎)이 지나쳐 김남천은 아버지를 지나쳤던 것일까?

아니면 그 아버지는 김남천의 의식 깊숙한 곳에 숨어 파르르 떨고 있던 내밀한 열등의식의 원천이었는지도 모른다. 잊어 버리고 싶은, 실재하지 않았던 것으로 무화시켜버리고 싶은, 어떤 방법으로도 어찌할 수 없는 어두운 감정의 소용돌이 속 으로 휩쓸어들이는 저 거칠고 세찬 욕망을 만들어내는 그런 열등의식의 샘으로서의 아버지.

감당할 수 없는 증(憎)의 대상일 수도, 내밀한 열등의식의 원천일 수도 있는 그 아버지는 김남천의 문학 속에 없다. 김 남천의 삶과 문학은 뿌리의 핵인 아버지를 무화시키고 난 빈 자리에서 시작하였다. 이 사실은 중요하다. 그것은 (1)김남 천의 삶과 문학이 아버지로 표상되는 과거(전통·집)로부터 벗어나 미래(이념·새로운 집)를 향해 내달린 혁명적 정치 성의 삶과 문학이고 (2)김남천의 삶과 문학이 아버지(과 거·전통·집)에 대한 탐구에 근거하지 않은 무조건적 부정 의 삶과 문학이며 (3)그러므로 김남천의 혁명적 정치성의 삶과 문학은 과거를 안고 그 속에서 새롭게 솟아오른 변증법 적 지양태가 아니라는 사실을 상징적으로 드러내는 것이기 때문이다.

때로는 문학과 조직운동의 동지로, 때로는 겨루어 이겨내 야 할 적수로 김남천과 어깨를 나란히 하고 프로 문학을 이 끌었던 임화의 문학 속에서도 우리는 아버지에 대한 언급을 거의 찾을 수 없다. 프로 문학을 대표하는 두 사람의 문학 속에 아버지가 없다는 사실은 1920년대 초반에 배태된 한국 프로 문학의 핵심 특성을 내보이는 것으로 판단된다. 한국 프로 문학은 김남천의 삶과 문학이 그러했듯, 혁명적 정치성의 문학이며 객관적 탐구에 근거하지 않은 무조건적 과거부정의 문학이며 과거와 변증법적으로 관계되지 않은 문학이었다.

되돌아보면 해방 이전 한국문학을 이끈 주도적인 정신은 아버지 부정의 정신이었다. 전통 단절, 소년 예찬 등의 깃발을 내걸고 나섰던 이 시기 문학의 아버지 부정의 정신을 압축해놓은 것이 서정주의 「자화상」이다.

애비는 종이었다. 밤이기퍼도 오지않었다.
파뿌리같이 늙은할머니와 대추꽃이 한주 서 있을뿐이었다.
어매는 달을두고 풋살구가 꼭하나만 먹고 싶다하였으나……흙으로 바람벽한 호롱불밑에
손톱이 까만 에미의아들.
甲午年이라든가 바다에 나가서는 도라오지 않는다하는
外할아버지의 숯많은 머리털과
그 크다란눈이 나는 닮었다한다.
스믈세햇동안 나를 키운건 八割이 바람이다.

세상은 가도가도 부끄럽기만하드라
어떤이는 내눈에서 罪人을 읽고가고
어떤이는 내입에서 天痴를 읽고가나
나는 아무것도 뉘우치진 않을란다.

찰란히 티워오는 어느아침에도
이마우에 언친 詩의 이슬에는
멫방울의 피가 언제나 서꺼있어
볓이거나 그늘이거나 혓바닥 느러트린
병든 숫개만양 헐덕어리며 나는 왔다.[4]

　1937년 가을, 23세의 청년 서정주는, 자신의 내면을 깊이
응시하는 이 작품을 썼다. 핵심은 1연의 첫 행 "애비는 종이
었다. 밤이기퍼도 오지않었다"와 1연의 7행 "스물세햇동안
나를 키운건 八割이 바람이다" 두 구절이다. 시인은, "나는
아버지(전통) 아래서 자라지 않았다는 것, 나는 바람 속에서
내 혼자 힘으로 컸으며 내 스스로 길을 열며 나아왔다는 것,
말하자면 나는 아버지(전통)의 가르침을 받으면서 사회화
과정을 밟아 정상적인 사회구성원으로 편입되는 사람들 일
반과는 전혀 다른 존재 곧 신인종(新人種)이라는 것"이다.
신인종이기에 정상/비정상을 구별하는 그 사회의 척도는 그

를 가둘 수 없다. 그는 그 척도와는 다른 차원의 세계에 속한다. 그런 그를 사람들이 '죄인'이라 '천치'라 규정하여 분리/배제하려는 것은 당연하다. 그러나 그는 자신이 다른 세계에 속하는 신인종임을 알기 때문에 그 분리/배제를 자신의 운명으로 감수한다.

성인이 된 상태에서, 그 성인의 눈으로 아버지(전통)를 부정하는 것이 아니라 아예 아버지가 자신을 길러내지 않았다고 말하는 이 과격한 선언은 백지상태에서 새로 시작해야 한다고 생각했던 개화기 이래 젊은 변혁정신 일반의 본질을 압축해놓은 것이다. 그들은 자신들이 소중하게 이어받아야 할 과거의 기억을 지니지 않은 백지상태에 놓여 있다고 인식했다.

사상의 선입관이라 함은 시간적으로 먼저 들어온 사상이 뒤에 들어온 사상보다 더 심각한 근거를 그 사상을 받는 개인이나 사회의 마음에 박음을 이름이니, '선입견'이라는 것이 거기서 나오는 것이외다. 예컨댄, 아직 다른 아무 주견이 없는 소아에게 일종의 사상을 주입한다 하면, 그는 10에 8, 9 그 소아의 장래의 일생에 영향함이외다. 소위 Tabula Rasa(백지)에 묵인함과 같아서, 후일에 그 사상이 그른 줄을 자각하고 힘써 말소하려 하더라도 그 흔

적을 아주 없이할 수 없나니, 일 개인이나 일 사회의 운명이 이 선입의 Chance(機)를 모종의 사상에 주고 아니 줌으로 결정됨이 불소하다 합니다. 그런데 현재 우리 민족의 심적 상태는 Tabula Rasa라 할지니, 이 Chance에 어떤 사상이 들어가고 아니 들어감으로 만년의 장래의 화복에 대영향이 있을 것이 분명하외다.[5]

그들은 스스로 아버지(과거·전통)와 단절한 시간의 고아들이었다. 한국 근대문학은 그 같은 시간의 고아들이 만든 문학이다.

시작의 기억도 마지막의 증언도 없이 몇몇 풍설과 문자로만 남아 있는 김남천의 존재는 일직선으로 하늘을 날아 어딘가로 까마득히 사라져버린 직사포탄의 이미지를 떠올리게 한다. 비정한 역사의 수레바퀴에 압살당해 육신은 스러졌지만, 그러나 작품은 남는 법이다. 고투의 산물들, 90여 편의 평론, 한 편의 장편[6]을 포함하여 40여 편의 소설, 두 편의 희곡, 한 권으로 묶기 어려울 만큼 많은 수필 등 방대한 분량의 작품들이 있어 한 뛰어난 재능의 성실한 삶과 그가 앞장서 열어나갔던 문학사의 한 시기를 증언해주고 있다.

혁명적 정치성의 삶과 문학

변혁의 역사와 프로 문학의 혁명적 정치성

집을 떠나 평양으로 도쿄로 경성으로 계속해서 나아가는 젊은 정신은 그 어느 지점에서 혁명적 정치성의 이데올로기로 무장한 전사로 신생한다. 누구의 지도를 받았다든가, 어떤 책을 읽었다든가, 또는 어떤 조직에 들게 되었다든가 하는 것을 들어, 평안도 산골 출신의 순박한 청년이 어느 순간 의식변화를 보였다고 설명하는 것은 충분하지 않다. 한 인간의 삶의 방향과 내용을 결정짓는 특별한 체험은 있게 마련이고 대단히 중요한 의미를 지닌다. 그러나 그것만을 강조한다면, 우연하게 기연(奇緣)을 만나 전혀 새로운 인간으로 신생하는 무협지 주인공에 대한 이해의 차원을 넘어설 수 없다.

그 바로 뒤에는 프로 문학이 있었다. 프로 문학은 좁게 보아 1920년대 중반에서 카프(KAPF, 조선프롤레타리아예술동맹)가 해산되는 1935년까지, 넓게 보아 1920년대 중반에서 1948년 무렵까지 펼쳐졌다고 볼 수 있는데, 그 핵심은 혁명적 정치성이다. 프로 문학은 당대 한국사회가 안고 있던 두 가지 주요 모순인 봉건모순과 식민모순을 동시에 넘어서고자 하는 혁명운동의 한 부분으로 존재했으니, 당연히 혁명을 위한 무기로 인식되었다.

프로 문학은 사회주의 혁명운동의 한 부분으로 존재했으니, 이를 두고 당시 사람들은 레닌을 좇아 '톱니바퀴의 한 톱니'로 비유했다. 톱니는 톱니바퀴의 효율적인 가동을 위해 존재하는 한 부속물에 지나지 않는다. 마찬가지로 톱니에 비유되는 문학은 톱니바퀴에 비유되는 혁명운동을 위해 존재하며, 그 혁명운동의 효율적인 가동에 도움이 될 때 비로소 그 존재의의를 확보한다. '문학'의 고유성은 다만 이 전제 위에서만 제한적으로 논의될 수 있으니 문학과 그 밖을 구별하는 문학주의는 절대로 용납될 수 없는, 다른 차원에 속하는 의식이다. 문학을 사회변혁운동의 한 부분으로 인식하는 운동으로서의 문학개념, 운동을 위한 수단으로서의 문학개념이 이 경우처럼 분명했던 적은 우리 문학사에서 달리 찾기 어렵다.

사회주의 혁명운동은 일반의 오해와 달리 박래(舶來)의 수입품이 아니다. 그것을 대표하는 '마르크시즘'이란 사상이 유럽에서 태어난 것이라는 사실을 들어 박래의 수입품이라 말하는 것은 온당하지 않다. 1920년대 중반 이후의 한국 사회주의 혁명운동은 한국사회의 급진개혁을 지향했던, 개화기 이래의 여러 변혁사상과 그 실천으로서의 변혁운동들이 합쳐 이루는 변혁지향성의 도도한 물결 속에서 움돋아 그것을 모태로 성장했던 것이니, 이 점에서 그것은 한국사회가 낳은 자생적인 것이었다. 소설에 한정한다면, 프로 문학은 저마다의 방식으로 한국사회의 변혁을 위해 복무했던 신소설, 1910년대 이광수의 계몽주의 소설, 1920년 전후 자연주의 소설 등으로 이어지는 소설사의 중심 맥락 속에서 배태되어 나타났고 그 중심 맥락을 이어 다음 단계를 향해 나아갔던, 앞단계를 이어받아 뒷단계를 여는 소설사의 계기적 전개 가운데 한 단계였다. 프로 문학은 그 이전 단계의 문학들과는 달리 훨씬 더 체계적이고 정치적인 운동의 성격을 띠었다. 따라서 문학사의 계기적 전개의 한 단계로 인식하기 어려웠기 때문에 박래품이란 오해를 받았을 뿐이다.

조직과 신의

김남천의 기록에 의하면 그가 프로 문학에 관심을 갖기 시작한 것은 평양고보 3학년 때였다.[7] 이후 김일성 정권의 교육상을 지내기도 한 동급생 한재덕(韓載德) 등과 『월역』(月

城)이란 동인지를 만들어 그곳에 '보잘것없는 아이들 장난'[8]
으로 쓴 단편소설을 싣기도 했다. 그가 프로 문학 진영에 본
격 진입하게 되는 것은 도쿄 호세이대학에 들어간 1929년이
었다. 고향친구이고 보통학교 동급생인 한재덕의 권유로 카
프 도쿄지부에 가입하였던 것이다. 김남천은 이를 두고 '하
나의 전환점'이었다고 회고하였다.

열 아홉 살 때니까 소화 4년이다. 중학 시대 『월역』 동인
인 한재덕 씨가(현재 조선일보 특파원으로 평양에 있다)
도쿄 시외 구택(駒澤)에 있던 나를 찾아와서, 와세다 교내
에서 안막 군(최승희의 부군이래야 알아볼 수 있게 되었
다)을 사귀어 가지고 함께 '예맹' 도쿄지부에 가맹했는데,
이번 하계 휴가에 도쿄지부 소속의 극단이 조선 공연을 나
가는데 동행하면 어떤가고 물었다.
나는 한참 동안 덤덤히 앉아서 생각하였다. 이것은 단순
한 일 극단에의 가맹뿐만을 의미하는 것이 아니라, 안온한
학창생활을 뒤흔들어 새로운 사회적 권내에 나서게 하는
하나의 전환점을 지을 것임을 직감적으로 깨달았기 때문
이다. 이 한 가지의 작은 조직의 관계가 장차 나의 생애에
어떠한 결과를 가져오리라는 것은, 당시의 정세를 막연히
추측하면서, 무사시노(武藏野)의 적막한 여사(旅舍)에서

초조한 날을 보내고 있던 나에게는 너무나 똑똑한 일이 아닐 수 없었다. 오리라고 생각한 것이 너무 쉽사리 찾아온 것도 같고, 어쨌든 갈피를 잡을 수 없었다.[9]

그를 가두는 아버지(과거·전통)로부터 벗어나 경제대공황의 여파로 지각째 흔들리고 있던 일본의 한복판에 서서 김남천은 새로운 운명을 향해 몸을 던질 준비를 무의식 상태에서 하고 있었던 것이다. 그 운명의 밧줄은 바로 옆자리 오랜 친구인 한재덕의 손을 통해 건네졌다. 그는 그것을 붙들었다. 조직과 연결되었다. 그 조직을 통해 그는 막연한 느낌으로만 뇌리를 맴돌던 새로운 운명 속으로 뛰어들었다.

이후 카프 해체 때까지의 약 6년 동안 김남천을 이끈 것은 그것을 위해 순사해야 할 '조직'이란 관념이었다. 이 기간 동안의 김남천의 행적을 따라가보자.

1929년 3월, 일본으로 건너가 호세이대학에 입학.
7월에 카프 도쿄지부의 연극부와 동행하여 서울에 들름.
가을에 카프에 정식 가맹.
1930년 봄, 임화·안막 등과 함께 조선에 들어와 국내의 카프 개혁과 신간회 해소를 주장.
여름방학 때 귀향하여 성천 청년동맹을 조직하고 집행위

원이 됨.

고경흠의 지도 아래 한재덕과 함께 평양고무공장 노동자 총파업에 관여하여 격문을 작성하는 등 선전선동활동을 수행함.

『중외일보』에 김효식이라는 본명으로 영화평론「영화운동의 출발점 재음미」를 발표함으로써 이후 20여 년 동안 줄기차게 이어질 생업이자 변혁운동인 문필활동을 시작함.

1931년 1월 1일, 김남천이란 필명을 만듦.

3월, 좌익단체인 '독서회 및 적색 스포츠단'과 좌익 신문·잡지의 배포망인 '무산자사신문 법정반과 무산청년 법정반 및 전기 법정반'에 가입했다가 대학에서 제적당함.

카프 제2차 방향전환기에 귀국, 청복극장이라는 좌익 극단에서 활동하며「공장신문」,「공우회」등의 소설 발표.

10월, 조선공산주의자협의회사건(카프 제1차 검거)에 연루되어 고경흠과 함께, 카프 맹원으로는 유일하게 기소되어 2년의 실형을 선고받음.

1932년 12월 19일, 병보석으로 출옥.

낙향하여 옥중 체험을 그린 단편「물!」발표.

임화와 이른바「물!」논쟁.

1934년 1월, 상처.

1935년 5월, 카프 해산계를 경기도 경찰국에 제출.

아버지를 떠나 새로운 세계를 향해 나아갔으나 모든 것은 막연할 뿐이었다. 현해탄을 건너 식민본국의 중심에 섰지만 앞길이 보이지 않았다. 야심찬 청년 김남천은 갈피잡기 어려운 혼돈과 적막 속에서 무엇인가를 붙잡아야 했다. 막연하지만, 과거를 부정하고 새로운 세계를 향하는 열정으로 뜨거운 김남천이 혁명운동의 조직으로부터 내려온 밧줄을 쥔 것은 이 점에서 우연이면서 또한 필연이었다. 그는 자신의 그때까지의 삶이 온통 뒤흔들리리란 느낌에 몸을 떨면서도 서슴없이 그 줄을 거머쥐었다. 그러므로 그것은 필연이었다고 말하는 것이 온당하다.

그 운명의 줄을 거머쥔 이후 한동안 김남천을 지배한 것은 '조직'이었다. 김남천은 문학이 아니라 운동에 순사하고자 다짐한 혁명전사였기에 그것은 당연한 것이었다. 게다가 정세의 악화와 함께 카프 조직의 붕괴 조짐이 계속해서 커져갔으니 '조직'에 대한 김남천의 강조는 갈수록 커져갔다. 1931년 9월 18일 류타오거우(柳條溝) 사건으로 시작된 만주사변을 계기로 변혁운동에 대한 제제가 강화되면서(이른바 객관정세의 악화) 카프의 활동도 큰 제약을 받게 되었고, 이를 따라 조직의 통제력이 약화되면서 이탈자들이 곳곳에서 나타나기 시작했던 것이다.

카프는 작년 이래(邇來) 조직의 재편을 기도하여 왔었고 전번 3월 27일에 전체대회를 대행하려다가 금지를 당한 확대위원회에서도 토의사항의 하나로서 해건(該件)을 상정하였었다. 물론 예술운동화는 조직의 결함을 없이하지 않고는 불가능한 일이다. 그리고 현 계단에 있어서 그것이 단체협의회의 형태를 취해야 될 것도 자명한 일이다. 그러나 중앙위원회까지를 금지 당하고 카프로부터 일체의 집합의 자유가 없어졌을 때 이러한 정세 밑에 있어서 그들의 반동적 분파만에 의한 '전조선무산자예술단체협의회'의 결성이 여하한 것이었든 그의 의도가 카프 전 조직의 파괴에 있는 것은 너무도 명백한 사실이다. 카프를 파괴하고 그와 대립되는 협의회의 결성은 결국 정치적 청산주의를 사상적으로 봉대(奉戴)하고 계급의 피리에 맞추어 춤추는 반동예술가의 결성을 의미하는 데 불외하다. 이러한 반적 책동(反的策動)에 대하여 프롤레타리아트는 하등의 인연도 없으며 그들의 지도사상에는 일 점의 공통성도 가지지 않는다.[10]

카프 개성지부의 이적효 · 엄흥섭 · 양창준 · 민병휘 등이 잡지 『군기』(群旗)를 선전선동의 발판으로 삼아 '전조선무산자예술단체협의회'의 결성을 도모했는데 이 글은 이에 대

한 비판이다. 과격한 어사, 단정적 표현을 동원하여 비판대
상을 계급과 조직, 사상과 운동의 적으로 규정, 단호하게 내
치고 있는데, 이 지점에서 한 발도 절대 물러설 수 없다는 완
강한 조직중심주의의 아래에는 뿌리를 내리기도 전 출발과
동시에 해체의 위기에 처한 카프의 현실에서 비롯된 위기의
식의 어두운 그림자가 술렁이고 있다. 위기의식이 크면 클수
록 더욱더 조직중심주의의 일점에 자신을 가둘 수밖에 없는
법이다. 창작방법 논쟁의 본격적인 출발로 주목받았던 이른
바 「물!」 논쟁'은 이 같은 맥락을 놓친다면 정확하게 이해하
기 어렵다.

　소련 작가동맹의 공식적인 창작방법론이 사회주의 리얼리
즘으로 정립된 1933년부터 평단의 관심은 사회주의 리얼리
즘에 집중되었다. 그들은 이를 '새로운 리얼리즘'이라 불렀
다. 새로운 리얼리즘의 소개 도입에 선편을 쥐었던 카프의
강경파이며 유수한 이론분자의 하나였던 추백이 이 시기 창
작방법론 논쟁의 중심에 놓여 있는 중요한 평문 「창작방법의
재토의를 위하여」를 통해 그때까지의 창작방법을 비판하는
자리에서 임화·김남천 등 지도적 위치에 있던 비평가들의
비평태도를 특히 힘주어 비판한 바 있다. 그에 의하면 그들
은 "작품의 객관적 진실성, 생활에로의 충실의 정도, 확신
력" 등을 기준으로 삼지 않고, 자신들의 세계관을 가지고 작

가의 세계관을 재단하고 직재하는 데 시종하고 있다는 것이다. 이 같은 종파주의적이고 관료적인 태도의 비평이 문단을 지배함으로써 (1)동반자적 경향의 작가 또는 새로운 작가들의 의식을 끌어올리지 못하였으며 (2)작가들로 하여금 "정치적 견해의 비근한 형상으로의 구체화에 만족하는 경향"[11]을 낳게 하였다고 그는 진단하였다. 프로 문학의 맹점을 문제 삼은 날카로운 비판이었다 할 것인데, 김남천은 이에 대해 그것이 조직활동과 당대 현실에서의 실천적 과제와 괴리된, '정치로부터의 일탈'[12]이라 하여 일축하는 태도를 취하였다.

새로운 리얼리즘은 소련 현실의 실천적 요청에 의해 제기된 것이며, 소련과 한국의 현실적 근거가 크게 다르기 때문에 그렇다는 것이 김남천이 내세운 이유였다. 한국 현실의 특수성을 강조하는 김남천의 의견이 당대 문단의 고질적 병폐인 맹목적 추수주의에 대한, 그리고 종전의 창작방법에 비해 훨씬 탄력적인 새로운 창작방법을 내세워 운동의 전위에서 후퇴하려는 일단의 투항주의적 움직임에 대한 날카로운 비판임은 물론이다. 그렇다면 김남천이 선 자리는 어디였던 것일까. 그의 작품 「물!」(1933. 6)을 둘러싼 논쟁에서 김남천은 이를 분명히 밝혀놓았다.

임화의 「6월 중의 창작」(1933. 7)에서 발단, 김남천의 「창작과정에 대한 단상」(1935. 5)에서 표면상 일단락을 짓는 이 논쟁은 세계관과 창작방법의 문제, 비평의 객관성 문제, 문학가의 실천문제 등 중요한 문제들을 안고 있는 것으로, 30년대 초 프로 문학의 전개양상 규명에 많은 시사점을 제공한다. 이 논쟁의 초점은 문학가의 실천문제에 놓여 있는데, 김남천은 문학가의 개인적 실천과 작품을 동일선상에서 파악할 것을 주장하였다. 말하자면 언제나 작가의 세계관과 그 세계관의 실현으로서의 실천이 작품비평의 가장 중요한 기준으로 고려되어야 한다는 것이다. 임화가 이를 두고 "이론과 실천과 관계 일반으로서, 예술가의 실천과 작품의 창조과정을, 직선적으로 척도"[13]하고자 하는 경험주의적 오류임을 지적하였다. 임화의 지적은 김남천의 주장이 세계관과 창작방법 사이의 복잡한 관계성을 전혀 인식하지 못한 데서 나온 것이기에 정당하다. 그런데 김남천은 이를 인정하면서도 자기 주장을 굽히지 않았다. 자신의 오류를 인정하면서도 또한 굽히지 않는다는 이 기묘한 이중성은 도대체 어떻게 이해되어야 하는가.

이것이 어느 정도에서 성공하였을 때 「공장신문」은 그의 형상성의 빈약에도 불구하고 부당한 찬사를 받았고 이것이 쓰러져서 부서져서 회(灰)가 되었을 때 「물!」은 그의 시체를 노변의 개굴 속에서 발견하였다.

그리고 작가의 정치욕이 아직 쓰러지지 않고 그의 속에서 고민이 용솟음을 치고 상극과 모순과 갈등이 성급하게 반성되고 뒤범벅을 개는 속에서 "비평과 작품과 작가적 실천을 연결시켜라"는 독단은 모든 파탄을 각오하고 또 모든 논리를 상실하는 위험한 지대에 서서도 오히려 자기의 주장을 고집하였던 것이다. 아! 제한(際限)을 모르는 인간의 욕망이여! 그것은 정히 칸트의 정히 '경쾌한 비둘기'의 덧없는 몽상일런가!

그리고 이 상극과 고민에서 헛되이 자기를 회피하였을 때 작년 1년간의 박회월의 문학적 업적의 형해(形骸)가 있다.[14]

'상극과 모순과 갈등'이란, 임화·백철·이갑기·박승극 등의 지적을 정당한 것으로 받아들이면서 "이곳으로부터 너가 떠날 때에 너의 예술은 파탄하고 이 비평가의 분석에 너가 반항할 때에 너는 혼란과 독단으로 흘러가 드디어는 망막한 대해의 격랑 속에서 자기의 노정표와 행로를 상실하리라"라는 생각과, 다른 한편으로는 "마음 속 깊이 자기를 속이고 싶지 않은 의지와 자기의 창작적 체험에서 얻은 정열"을 물리칠 수 없다는 자기확인 사이에서의 갈등을 뜻한다. 그 갈등하는 심리의 안쪽을 읽어내는 일은 쉽지 않지만, 논쟁의 중심에 놓였던 「물!」, 이 작품과 마찬가지로 공산주의협의회 사건으로 감옥살이한 체험을 다룬 「남편 그의 동지」 두 작품을 통해 어느 정도 짐작해볼 수는 있다.

「물!」은 감옥살이의 어려움에 초점을 맞춘 작품이다.[15] 사상운동에 연루되어 감방살이를 하고 있는 조선 청년이 있다. 13명의 죄수가 두 평 칠 홉의 좁은 공간에 갇혀 한여름 더위와 땀과 갈증을 견뎌야 하는 처지이다. 고통스러운 것은 당연한 것, 사상범으로서의 자부도 환경에 굴복할 수는 없다는 젊은이 특유의 오기도 갈수록 약해지고 마침내는 물 몇 모금의 노예가 되어버렸다. 감옥살이의 고통을 생생하게 그려내고 있는 것인데, 이 점에서 이 작품은 김동인의 「태형」(笞刑, 1923)과 비슷한 성격의 것이라 할 수 있겠다.

그러나 「태형」과 「물!」의 두 작가가 선 자리와 이들 작품이 놓여 있는 문학사적 맥락이 다르기 때문에 두 작품의 의미 또한 크게 다르다. 먼저 「태형」을 살펴보자.

3·1운동에 연루되어 김동인은 6개월간의 감옥살이를 겪었는데 그 경험을 소재로 쓴 작품이 「태형」이다. 더운 여름의 감옥살이는 견디기 어렵다. 갈증과 바깥바람을 쏘이고 싶은 갈망, 끊임없이 흐르는 땀의 불쾌감, 썩는 냄새, 옴·종기 등의 질병으로 시달려 그야말로 고통의 바닷속이다. 게다가 다

섯 평이 채 못 되는 좁은 공간에 무려 마흔 명이 넘는 사람이 들어차 있으니 숨이 막힌다. 감옥 속 고통을 이 작품처럼 실감나게 그린 소설은 찾기 어려우니 이 점만으로도 「태형」은 높이 평가될 만하다. 김동인의 뛰어난 묘사력을 여기서 확인할 수 있다.

견디기 어려운 극한상황 속이니 육체의 편안만을 구하게 된다. "그들의 머리에는 독립도 없고, 민족자결도 없고, 자유도 없고, 사랑스러운 아내나 아들이며 부모도 없고, 또는 더위를 깨달을 만한 새로운 신경도 없다."[16] 짐승 차원으로 떨어지고 만 것이다. 당연하게도 자기중심적으로 되어 비정(非情)한 이기(利己)의 노예로 변한다. 건강한 청년도 감당할 수 없는 태형 구십 도란 중형을 선고받은 영원 영감을 윽박질러 공소를 취하하게 만들고 그가 나감으로써 생긴 공간의 여유를 탐욕적으로 즐기는 '나'의 비정함은 섬뜩할 정도이다.

이 같은 내용의 이 작품에서 읽어낼 수 있는 것은 두 가지이다. 하나는 3·1운동에 연루되어 감옥살이를 한 김동인의 자부심이다. 감옥살이의 어려움을 세밀하게 묘파, 부각시키는 작가의 붓끝에는 엄청난 자부심이 서려 있다. 다른 하나는 인간의 본성에 대한 날카로운 통찰이다. 극한상황 속에 놓이면 인간의 본성이 여지없이 드러나게 마련이다. 극도의 비정한 이기를 노출하고 마는 '나'와 감옥 속 죄수들을 통해 김동인은 인간의 이 같은 본성을 날카롭게 들춰내었던 것인데, 김동인 문학의 한 핵심인 인간모멸주의는 이런 체험에서 생겨난 것인지도 모른다.[17]

요컨대 김동인은 3·1운동 때문에 겪은 감옥체험을 3·1운동의 역사성과는 전혀 무관하게, 인간본성의 탐구라는 측면에만 국한시켜 소설 속에 끌어들였다. 검열망을 의식한 자기검열 기제의 작동 때문이라 볼 수도 있겠지만 궁극적으로는 사회역사적 현실에는 거의 관심두지 않았던 문학관의 소산이라 할 것이다.

김동인의 경우와는 달리 김남천이 「물!」을 통해 드러내고자 한 것은 다음 세 가지로 파악된다. 하나는 현장 노동운동의 실천가로서 감옥살이를 겪었다는 자부심이다. 김남천은 1925년에 결성된 카프 조직원으로서 소설과 평론을 썼다. 문학예술을 수단으로 삼아 변혁운동에 복무하고자 했던 카프는 당연하게도 책상머리에서의 관념유희를 경계하며 구체적 실천운동을 강조하였지만 실제는 이와 크게 달랐으니 이들의 문학은 대체로 추상적 관념성에 포박되어 있었다. 현장 노동운동가로서 감옥살이를 겪었던 김남천이 그 감옥살이의 고통을 세밀하게 그려낸 것은 카프의 이 같은 추상적 관념성에 대한 비판이며 동시에 엄청난 자부심의 표출이라 할 수 있는 것이다. 「물!」이 이 같은 관념성을 넘어 구체적 실천성을 충분히 확보하고 있느냐는 물론 다른 문제이다.

또 하나는 프로 문학의 속성과 관련된 소시민적 실천지상주의 및 이를 떠받드는 조급주의. 현실 변혁을 위해 복무한다는 이념이 지나치게 강조되면 형상적 인식이란 문학의 특수성이 몰각되고, 작품은 구호성 이념을 실어 나르는 한갓 수단으로 전락하고 만다. 초기 프로 문학의 형상성 미달의 생경함 또는 내용 편중성은 이와 무관하지 않다. 김남천의 경우는 이보다 더 나아간 것인데 작품이 프로 문학의 기본전제를 벗어나 비계급적·우익적 편향에 기울었음을 인정하면서도 끝끝내 감옥 경험(개인적 실천)을 내세워 굴복하지 않았던 것이다. 그러니까 김남천은 작품이 아니라 작품 이전을 놓고 논쟁을 벌이는 아이러니를 연출하였던 셈인데, 이 같은 사고 아래 소시민적 조급주의가 작용하고 있었음은 자명하다.

마지막 하나는 보다 본질적이며 그런 만큼 문학사적 의미를 띠고 있는 것이다. 김남천은 앞의 인용에서 확인할 수 있듯이 독버섯처럼 자라나는 자기 내부의 모순과 갈등을 넘어서기 위해 비평과 작품과 작가의 개인적 실천을 단선적으로 파악하라는 독단을 내세웠다. 그러니까 생리적 욕구와 그로 인한 고통에 굴복하는 「물!」의 주인공이 파악한 소시민적 안주에의 이끌림이 이 시기 김남천의 내면을 온통 뒤흔들고 있었다는 것인데, 문학의 당파성·정치성에의 복무란 스스로의 신념을 지키기 위한 것이기에 모든 파탄을 각오하고 또 모든 논리를 상실하는 위험을 무릅쓸 수 있었던 것이다. 이렇게 본다면 작가의 개인적 실천에 대한 강조가 주체, 즉 세계관의 확고한 강조를 의미한다는 사실이 분명히 드러난다. 논쟁과정에서 김남천이 조직의 이름으로 자신의 '세계관의 불확고'를 적발하여 비판해주기를 요청한 것의 의미가 이로써 명백해진 셈이다.

여기서 또 하나 주목해야 할 것은 김남천이 의식하고 있었는지는 불분명하지만 작가의 개인적 실천 또는 세계관의 확고한 정립에 대한 강조가 그 자신에만 국한되지 않고 문학사의 맥점에 가닿고 있다는 점이다. 「물!」논쟁'이 전개되었던 때(1933~35)는 세계대공황으로 벽에 부닥친 일본 자본주의의 활로를 열기 위해 1931년의 만주사변을 전초전으로 한 중국 침략이 이미 시작되었고, 군국주의의 서슬 푸른 통제가 일본 국내는 물론이거니와 그 식민지인 조선과 대만을 옥죄어들던 시기이다. 일본에서와 마찬가지로 조선 내 제반 진보적 사회·사상운동에 대한 탄압이 움돋고 있었다. 때마침 소개된 사회주의 리얼리즘을 방패로 운동의 전위에서 후퇴하려는 일단의 투항주의적 움직임은 물론이거니와 카프의 지도성을 비판, 부인하고 소시민적 일상성의 세계로 물러나 안주하려는 경향조차 자라나고 있었다. 그 같은 경향은 곧바로 현실로 나타나 혹자는 "얻은 것은 이데올로기요 잃은 것은 예술이다"라는 구두선을 내걸고 잃어버린 예술을 찾아 귀환하고, 또 혹자는 '비애의 성사'를 나와 휴머니즘의 세계로 나아갔다. 급기야는 조직이 해체되고 대부분은 범속한 소시민적 일상성의 세계로 함몰해갔다. 「물!」 논쟁'에서 표명된 김남천의 논리를 넘어선 어거지는 이 같은 혼돈상황에 휩쓸려 들기 직전의 프로 문학계에 대한 강력한 비판의 의미를 머금고 있었던 것이다. 1934년에 발표된 「창작방법에 있어서의 전환의 문제」 이후 김남천이 조선적 현실과 조직의 중요성을 강조하고 사회주의 리얼리즘의 이론가인 킬포친의 "진실을 그려라"란 표어가 정치적 당파성의 배제가 아님을 힘주어 지적하는 데서 그 같은 사정을 똑똑히 확인할 수 있다.

김남천의 발언은 1931년 만주사변을 계기로 외부상황이 악화되면서 서서히 드러나기 시작한 진보적 문학 진영으로부터의 이탈경향에 대한 경고이다. 전위(前衛)의 눈과 적극적 주인공의 적극적 실천을 그릴 것을 강제하는 지도적 비평이론을 비판하며 예술성·형상성을 방패로 슬그머니 물러서려는 경향은 곧바로 전향바람을 불러일으켰고, 마침내는 중일전쟁·대동아전쟁으로 치닫는 역사 전개와 결합, 친일의 길로 이어졌다. 「물!」이 그리고 있는 감옥살이의 고통은 이 같은 전향조류에 대한 준열한 비판의 의미를 머금고 있는 것이다.

「물!」 논쟁'의 안쪽에는, 명료하게 표현되어 있지는 않지만, '조직'의 문제와 언제나 함께하는 '신의'(信義)라는 개인적 · 윤리적 문제가 깃들여 있다. '신의'는 김남천의 삶과 문학을 이끌었던 중요한 가치항 가운데 하나이니 이 사실은 큰 의미를 갖는다. 「남편 그의 동지」는 이를 정면으로 다룬 작품이다.

나는 미리 작정하였던 프로그램대로 이야기하였다. 그는 조용히 나의 말을 듣고 있었다. 그러나 내가 그의 동무들의 말을 하였을 때 그는 몹시 표정을 달리하였다.

"원 술집에만 다니구 아무도 한번 찾아오지두 않는구려!"

남편은 갑자기 소리를 질렀다.

"빠가! 무슨 개수작이야! 그런 소리 할려면 다시 오지 말어!"

그리고는 옆에 섰는 간수에게

"모 스미마시다."

하고 말하는 것이었다. 문은 닫혔다. 그리고 나의 눈앞에

는 흰 얼굴도 웃는 얼굴도 노한 얼굴도 보이지 않았다.[18]

아내의 눈으로 옥에 갇힌 남편을 바라보고 있는 형식의 작품이다. 사상운동에 연루되어 감옥에 갇혔으나 친한 동지들조차 면회는 물론이고 편지를 보내지도 책을 차입하지도 않는다. 남편의 채근을 받아 그들에게 연락했으나 한 사람은 종무소식, 다른 한 사람은 곧 들르겠다는 편지만 보내고는 마찬가지로 소식이 없다. 신의 없는 인간들이 아닐 수 없는데, 그들은 무얼 하고 있었는가? 카페를 드나들며 술과 계집에 취해 취생몽사, 갇힌 동지의 고통을 돌아보지 않는 파렴치한으로 흐느적거리고 있었다는 것이다. 거친 상소리로 아내를 밀치는 남편의 분노 속에 이 작품의 주제가 담겨 있다. 동지들을 믿고자 하는 마음과 그 믿음이 무너지는 데서 오는 충격 사이에서 스스로를 주체 못해 허우적거리는 남편의 심리는 (1)한편으로는 사상과 조직운동의 동지 사이 신의의 문제를, (2)다른 한편으로는 그것 이전의 자리에 놓이는, 사람과 사람 사이의 신의 문제를 날카롭게 제기하는 것이다.

앞에서 말했듯이 김남천은 인간 사이의 신의에 대해 큰 관심을 가졌던 작가이다. 「신의에 대하여」는 이미 제목에서 그런 관심을 분명히 한 작품이다.

신선생은 다시 시계를 보고,

"집에 가서 다 각각 생각해 보시오, 참고로 말한다면 나는 그 사실만은 고하지 않았는데, 그것이 절대로 옳다고만은 믿지 않어."

그 때에 하학종 소리가 요란히 들려왔다.

급장의 '기립' 소리가 나기 전에 신선생은 마지막으로 다시 이렇게 첨부하였다.

"박집사는 그 뒤 몇 년 뒤에야 고향에 나타났는데, 그 때에 채무는 한 절반 청산했다고 합니다."[19]

소학시절의 삽화 한 토막을 기억 속에서 불러내는 회고형식의 작품이다. 소학시절 신선생이라는 좋은 선생님이 계셨다는 것, 그분이 자신의 어린 날 겪은 일 하나를 아동들에게 들려주고 학생들의 의견을 물었다는 것, 많은 빚을 못 이겨 도망간 어떤 사람이 몰래 자기 집에 들른 것을 알았는데 이 사실을 부모에게 알려 그 빚진 사람을 징치하는 것이 옳으냐 아니면 어려운 처지에 놓인 자신을 도와준 그 사내의 아내에 대한 신의를 지켜 알리지 않는 것이 옳으냐 라는 게 선생의 질문이었다는 것, 학생들의 대답은 여러 가지로 나뉘어 의견의 일치에 이르지 못했으며 위 인용에서 보듯 선생님은 판단 유보상태에서 수업을 끝맺었다는 것 등의 내용을 담고 있다.

이 작품이 도망자의 신의와 한 소년의 신의 문제를 함께 다루고 있음은 물론인데, 도망자를 고문하는 죄의식과 소외감의 캄캄 어둠 속에서도 신의를 지켜야 한다는 일념으로 견디며 힘써서 몇 년 뒤 그 빚의 절반 가까이를 청산할 수 있었다는 사실을 작품 마지막에 넌지시 내놓음으로써 '신의' 지키기가 얼마나 소중한 덕목인가를 말하고자 한 소설이라고 이해하는 것이 온당할 듯싶다. 김남천은 '작가 부기'에서 "어느 새에 다섯 아이의 아버지가 되어, 벌써 방학을 틈타서 시골 할아버지께 문안드리러 간다는 아이가 생긴 것을 위하여 이것을 초(草)해본다"라고 창작동기를 밝혀놓았다. 어린 자식을 기르는 부모의 마음으로 쓴 작품이었던 것이다.

전향의 시대를 거슬러

1930년대 후반, 40년대 초반의 우리 소설사에서 가장 많이 생산된 것은 이른바 전향소설이다. 15년 전쟁의 막바지로 치달으며 중국, 나아가서는 서양제국과의 전면전으로 나아가던 역사의 가파른 물줄기가 조선땅 지식인들을 휩쓸어 무수한 친일분자를 낳았음은 모두가 아는 대로이다. 친일의 욕된 길에 나아가지 않았다 하더라도 진보적 사상운동, 문학운동의 전선에서 물러서지 않으면 안 될 만큼 상황은 엄혹했다. 카프 문인들의 대부분도 그러했는데, 이른바 전향의 물결에 휩쓸리고 만 것이다. 전향에서 오는 자조감을 토로하거나, 지조를 꺾은 자신을 변명하거나, 아니면 다른 전향자를 비난함으로써 자신을 학대하는 인물들의 음울한 웅얼거림으로 가득 차 있는 이들 전향소설 가운데 전향을 사상적 차원에서 다룬 유일한 경우는 김남천의 「경영」·「맥」(1940) 연작이다.

실어의 형식

자신의 소시민성에 대한 합리화와 자조를 주제로 한 작품들이 범람하는 혼란의 와중에서 "진리라고 믿던 사상적 지주를 생활 속에서 잃어버리고 캄캄한 암야행로에서 우왕좌왕하는 지식인의 정신적·육체적 고민을 뿌리째 파보려는 작가적 태도"를 강조하는 자기고발의 문학론이 김남천에 의해 제기되었다. 김남천의 자기고발론이 앞에서 살핀 「물!」논쟁'에서의 조직과 신의에 대한 강조에 이어지는 것임은 물론이다.

안간힘으로 버텼지만 광포한 시류에 떠밀려 조직이 와해되고, "객관세계의 모순을 극복하느라고 자기 자신을 돌보지 않았던 주체가 한번 뼈아프게 차질을 맛보는 순간 자기분열과 모순을 발견"[20]하게 되자, 주체의 재건을 시도하게 되었으며, 그러한 주체 재건을 위한 유일한 방도로 자기고발의 정신이 제창된 것이다.

자기고발의 정신은 이기영의 「고향」평인 「지식 계급 전형의 창조와 '고향' 주인공에 대한 감상」(1935)에서 비롯, 「시대와 문화의 정신」(1939)에까지 걸치는 자기고발론·모랄론·풍속론 등 일련의 창작방법론의 등뼈가 되었다. 유다는 자신의 선생인 주 예수를 팔고 그 죄의식으로 인해 스스로 목숨을 끊었다. 그러므로 '유다적인 것'이란 "유다가 돈을 받고 그의 선생을 매각해버렸다"는 표면적 사실에서 제출되는 것이 아니다. 오히려 죄의식으로 인한 그의 자살이 중요한 의미를 갖는다. 만찬석상에서의 예수에 의한 유다의 고발, 베드로의 부정과 뉘우침, 유다의 죄지음과 자살 등이 높은 문학정신을 파지하고 있지만 그 세 인간적 감정은 유다의 죽음에서 종합되는 것이다. 이렇게 파악할 때 '유다적인 것'은 현대 소시민 출신 작가가 가져야 할 '최초의 모델'이라는 것이 김남천의 주장이다.

생각컨대 이 세 개의 인간적 감정이 한 둘의 계단을 넘어서서 가장 전형적으로 종합된 것은 물론 유다에 있었다. 그러나 은 30냥과 바꾸려는 제자를 무자비하게 적발하는 기독의 비타협성과 자신의 비굴과 회의와 자저(趑趄)와 비겁에 가슴을 두드리며 통곡하는 베드로를 넘어서 그의 마음을 팔았던 유다가 은전을 뿌려던지고 목을 매어서, 자기 승화를 단행하는 데 이르러 우리들이 결정적인 매혹을 느끼는 것은 어떤 까닭일런가?

이 세 장면이 혼연히 합하여 하나의 높은 감동을 주어 이곳에서 현대문학정신으로 직통하는 어떤 직감적인 것을 갖게 하는 대신, 유다의 속에는 우리들 현대 소시민과 가장 육체적으로 근사한 곳이 있으며 다시 그의 민사(悶死)

의 속에서 소시민 출신 작가가 제출하여야 할 최초의 모랄을 발견하게 되는 때문은 아닐까 하고 나는 지금 생각하고 있다.

실로 모든 것을 고발하려는 높은 문학정신의 최초의 과제로서 작가 자신 속에 있는 유다적인 것을 박탈하려고 그곳에 민사에 가까운 타협 없는 성전(聖戰)을 전개하는 마당에서 문학적 실천의 최초의 문제를 해결하려는 작가의 모랄은 성서가 우리에게 주는 상술한 바와 같은 고귀한 감흥 이외의 것이 아니다. 이곳에 유다를 성서에서 뺏어다가 우리들의 선조로 끌어 세우려는 가공할 만한 현실성이 있는 것이다. 실로 현대는 그가 날개를 뻗치고 있는 구석구석까지 유다적인 것을 안고 있다는 것으로 고유의 특성을 삼고 있다. 이러한 대상의 전(全) 포위진을 향하여 리얼리스트 작가가 그의 필검(筆劍)을 휘두르기 전에 우선 무엇보다도 자기 심내(心內)에서 유다적인 것을 발견하려는 태도가 작가의 최초의 모랄이 되는 것에 대해서는, 그러나 이곳에 약간의 문학적, 사회적 해명이 필요할까 한다.[21]

'자기폭로', '자기박탈', '자기격파' 등의 과격한 표현을 동원해 김남천은 자기고발의 정신을 제창하였다. 그것이 전향의 조류와 맞서는 방식의 하나라는 사실은 새삼 말할 필요도 없이 자명하다. '조직'의 강조에서 자신 속의 부정성 곧 '유다적인 것'의 고발로 옮겨온 것일 뿐, 이것이 혁명적 세계관의 견지라는 사상적 측면과 일관성의 유지라는 개인적 윤리성의 측면을 함께 싸안고 있는 것임은 물론이다.

이 같은 자기고발의 정신은 실제 창작에 깊게 반영되어 「처를 때리고」(1937)에서 「등불」(1942)에 이르기까지 상당수의 작품들을 꿰뚫는 주요한 주제가 되었다. 이 계열의 작품군을 살피기 전에 먼저 자기고발론의 성립 계기 가운데 하나였던 이동규의 「신경쇠약」(神經衰弱)과 이에 대한 김남천의 비평을 검토함으로써 이들 작품의 성격을 어림잡아 볼 필요가 있다.

「신경쇠약」은 과거의 주의자 '나'의 하루를 그린 것이다. '나'는 감옥에서 나온 후 하는 일 없이 놀며 실의의 나날을 보내고 있다. 세상과 타협하여 살기를 재촉하는 아버지의 설교에 밀려 잡지사를 돌며 친구들과 문학담·시국담을 주고받지만 절망감만 더해질 뿐이다. 불면증에 시달리다 못해 찾아간 병원에서 신경쇠약 진단을 받고 나오며, "내 병은 신경쇠약이다. 그러나 나뿐이 아니겠지, 이 세상이 모두 신경쇠약에 걸렸다. 중태의 신경쇠약에…"[22]라고 생각하며 다시 어제의 하루를 되풀이하러 나선다. 이 작품은 세상 모두를 중태의 신경쇠약으로 진단함으로써 자신의 무기력을 교묘히 합리화하는 데 그 주제를 두고 있다고 할 것이다. 이 작품에 대해 김남천은 '힘없는 자조'에 그쳤음을 들어 혹평하였다.

변명 문학의 암초는 행동과 실천과 사상을 상실한 지식인 혹은 사상적 전과자의 뼈에 사무치는 생활 기록에까지도 설치되어 있기 쉬운 일탈일 것이니 문학이 지식인의 변명에 그쳐서 실천과 유리된 이론을 대변하고 '불안'과 '고민'을 변호함에 분망한다면 그 문학이 보여주는 열정과 기백은 결코 새로운 문학적 세계에로 통하는 행로 위에 영원히 빛날 등대불은 될 수 없을 것이며, 그것에도 미치지 못하고 겨우 문학이 무기력한 지식인의 자조를 되풀이함에서 어떤 종류의 자위를 찾는다면 이러한 문학이 파고 있는 것은 스스로의 묘혈에 불과하지는 않을런가.[23)]

구 프로 작가의 작품에서 흔히 발견하는 변명과 자조 중 자조에 갇혔다는 것이 김남천의 진단이다. 그의 진단이 정당함은 물론이다. 김남천은 더 나아가 자조와 변명을 넘어 "진리라고 믿던 사상적 지주를 생활 속에서 잃어버리고 캄캄한 암야행로에서 우왕좌왕하는 지식인의 정신적·육체적 고민을 뿌리째 파보려는 작가적 태도"를 강조하는바, 바로 자기고발의 정신을 내세운 것이다.

자조와 변명의 문학에 대한 비판에서 출발한 이 계열의 작품 모두가 그러한 의도를 충실히 담아내고 있는 것은 아니다. 두 여자와 본처 소생의 아들 문제에 휩쓸려 마음이 상한 왕년의 주의자가 괴로움을 못 이겨 술에 취해 춤추며 울다가 마침내는 토하고 고꾸라지는 것을 그린 「춤추는 남편」, 마약 중독에서 헤어나지 못하는 기생에게 모르핀을 내놓으며 우는 역시 왕년의 주의자 경호의 이야기인 「요지경」, 폐결핵으로 직장에서 해고된 뒤 "아이 잃은 어미 모양" 길거리를 헤매는 역시 왕년의 주의자 박순일을 그린 「포화」(泡花) 등 다수의 작품은 자조의 세계에 함몰된 것들이다. 이러한 경향을 가장 뚜렷하게 드러낸 작품이 「녹성당」(綠星堂)이다.

작가의 자전적 사실과 매우 흡사하여 흥미로운 이 작품은 주인공 박성운의 소개로부터 시작한다. 프로 문학 전성시절에 신진으로 소설을 썼다는 것, 어떤 사건에 연루되어 얼마간 감옥살이를 했다는 것, 감옥에서 나와서는 평양 가 장사를 했다는 것, 아내를 산후산욕열로 잃은 뒤 얼마 안 되어 장티푸스로 죽었다는 것, 「녹성당」이란 제목의 유작을 남겼는데 "그대로 어떤 하로의 생활을 그린 수기(手記)"라는 것, 그래서 독자의 이해를 돕기 위해 조금 손보아 소설 형식으로 발표한다는 것 등이 그 내용이다. 여기서 주목되는 것은 그가 죽었다는 사실이다. 전염병인 장티푸스에 걸려 죽었으니

까 운이 나빠 그랬다고 하는 것은 물론 곤란하다. 그것은 고
뇌의 필연적인 결과였으니 민사라고 하는 것이 온당하다. 그
러므로 그 고뇌의 내용을 아는 것이 이 작품 이해의 지름길
이겠다.

1932년 무렵 프로 문학 전성기에 신진소설가로 예리한 필
봉을 자랑했던 그가 감옥살이 후 낙향, 약장수가 되었으니
자기모멸감을 감당할 수 없다. 게다가 추하게 타락한 옛날의
동지, 신의를 저버리는 친구, 이론과 실제의 괴리에서 오는
번민 등이 겹쳤으니 견디기 어렵다. 그런 그의 머릿속에 어
릴 적 잠수의 경험이 떠오른다.

이때에 문득, 성운은 어린아이 시절에 물 속에 누가 더
오랫동안 들어가 있을 수 있는가를, 내기하던 그 질식할
듯한 잠수(潛水)의 경험이 머리에 떠올랐다. 지기는 싫고,
그러자니 물 속에서 숨은 답답하고, 눈을 감은 채 숨을 꼭
틀어막고 있던 어린 날의 장난, ──그 질식할 듯한 안타까
움이 문득 머리를 스치고 지나간 것이다.

그러나 그런 것과는 아무 관계없이 시계는 지금 세 시
십 분 전을 가리키고 있다. 성운은 큰 결심을 한 것처럼 침
착하니 방안에로 들어갔다. 그는 아무것도 보려고 하지 않
는다. 아랫목 어둑시근한 곳에서 아내가 편물을 하다가,

펀듯 자기를 쳐다보고 있는 것을 성운은 잘 알았으나 그는 애써 못 본 척 모르는 척한다. 모든 것을 무시해버리려는 노력. ——이로 말미암아 그의 거동은 몹시 침착하였다.[24]

이 작품의 내적 형식이 '실어(失語)의 형식'임을 보여주는 부분이다. 젊은 날 자신의 정체성 구성의 핵이었던 사상에 대한 믿음을 상실하고 그 사상 실천의 마당에서 이탈하여 한갓 약장수로 떨어진 자신에 대한 환멸과 자조가 그로부터 말을 앗아가버린 것이다. 그가 들게 된 침묵의 세계는 서로 맞서기도 하고 어울리기도 하는 여러 심리곡절의 뒤얽힘으로 아수라 고해일 터인데, 작가는 질식할 듯한 잠수의 느낌이란 상징적 이미지를 앞세웠을 뿐 그 안쪽에 대한 구체적 탐사에까지 나아가지는 않았다. 이에 김남천은 더 나아가야 했으니 전향문학인의 내면을 구체적으로 탐사한 작품들이 떠올랐다. 작가 스스로 "자기고발의 문학적 실천"[25]이라 말한 「처를 때리고」, 「속요」(1940) 등이 그것이다.

「처를 때리고」의 주인공은 왕년의 사회주의자로 '○○계의 거두'였다. 6년간의 감옥살이 후 출감한 지 3년이 지났건만 직장을 얻지 못해 변호사 허창훈에게 빌붙어 사는 신세이다. 허창훈이 그를 돌보는 것은 그가 "옛날에 ○○계 거두니까 돈이나 주어 병정으로 쓰고 제 사회적 지위나 높이려고"

하는 목적에서이다. 식민지하 사상운동과 기생충의 기묘한 관계의 한 단면을 보여준다 하겠는데, 이 같은 사정을 알면서도 차남수는 그것을 역이용, 생활비를 짜내고 있다. 허창훈의 후원으로 신문기자 김준호와 어울려 출판사 설립을 추진 중인 어느 날, 부부간에 대판싸움이 벌어지고, 아내의 악다구니를 통해 차남수의 치부가 여지없이 까발려진다.

너두 양심이 있는 놈이면 잡지책이나 내고 신문소설이나 시 나부랭이를 출판하면서 그것이 다른 장사보다 양심적이라는 말은 안 나올 게다. 새로 난 법률이 무섭지 직업이 필요했지…… 야 사회주의가 참 훌륭하구나. 이십 년간 사회주의자나 했기에 그 모양인 줄 안다.

질투심·시기심·파벌심리·허영심·굴욕·비겁·인찌끼·브로커——네 몸을 흐르는 혈관 속에 민중을 위하여 피가 한 방울이라도 남아서 흘러있다면 내 목을 바치리라.[26]

부부싸움은 김준호와 아내 사이를 의심한 차남수의 의처증 때문에 일어났다. 영악한 속물 김준호에 의해 왕년의 사회주의자로서의 자존심이 상처 입은 것이다. 그 상처 입음은 지금의 그가 사실은 김준호 못지않은 속물로 전락하고 말았기에 더욱 큰 것이었다. 그렇기 때문에 견딜 수 없는 모욕감에도 불구하고 "그러나 창훈아 준호야 아니 누구보다도 정숙아, 나는 너희들과 함께 출판사를 하련다. 아니 장사를 하련다"라고 다짐하게 만든다. 차남수의 미묘한 심리는 전향소설의 깊이 있는 독특한 주제의 하나인 '자기굴욕감──자굴감'에 해당하는 것인데, 그가 생활고에 시달려 옛날의 신념을 잃어버리고 속물화된 아내와 비열한 김준호에 대한 경멸과 증오를, 결국은 생활과 타협한 자신에게로 돌리는 데서 자기고발의 정신이 문학적 완성을 성취하게 된다.

중편 「속요」는 얼마 전만 해도 문단을 질타하고 사상을 독려하던 '문예사상가'였지만 "논평할 시대가 아니라 관망·준비할 시대"라는 이유로 붓을 꺾고 '유행가조'의 속물적 생활에 젖어들고 만 김경덕의 부끄러움과 슬픔을, 속물적 삶을 합리화하고 적극적으로 향락하는 홍순일과 그것을 비판하는 남성과의 대비를 통해 부각시킨 작품이다. 전향문학인의 부끄러움과 슬픔을 다룬 작품은 이 밖에도 많이 생산되었으니 부끄러움과 슬픔을 다루었다는 사실에 특별한 의미를 부여할 수는 없다. 내가 주목하는 것은 서술자의 개성이다.

이렇게 해서 김경덕이는 별탈 없이 체부동에 있는 저이 집구석으로 그리 늦지 않은 시각에 돌아갈 수가 있었을 것이다. '시나소바' 한 그릇으로 만족하지 못했다면, 또 술이 깨어서 몇 잔 더 할 생각이 들었다면, 그의 소지금을 잘 알고 있는 우리들이 그를 이리로 안내할 수 있었을 것이랴. '부벽루'나 '평양루' 같은 데로 들어가서 곰탕이나, 그렇지 않으면 시언하게 냉면이나 한 그릇 자시고 넓찍한 육조 앞을 내 세상이라고 걸어들어 갔을 것임에 틀림없을 것이 사실이 아니냐. 여하튼 김경덕이는 무사히 저이 집으로 돌아갈 수밖에 별수가 없었는데, 이날 밤 그가 경험한 정서생활이, 그 뒤, 그의 일상생활에 어떠한 영향을 주었는지는 제오 장쯤에서 기록하기로 하고, 여기서는 조금 탈선적인지도 모르나, 역시 이 소설의 중요한 등장인물인 홍순일이와 이정임의 뒤를 따라가서, 그들이 어데로 가서 어떠한 짓을 하고 갈라졌는지를 살피는 것이 공평할 것 같기도 하다.[27]

「속요」의 서술자는 객관적 관찰자이자 동시에 분석가이며, 묘사자이자 설명자이고, 소설 속 인물의 심리와 언행을 전달하는 소설 내적 존재이면서 또한 소설의 경계를 벗어나 독자와의 대화에 나아가기도 하는 소설 외적 존재이기도 하다. 덧붙여 「속요」의 서술자가 빈정거림 투라 이름 붙일 수 있는 독특한 어조로써 등장인물들의 뒤를 쫓고 있다는 점도 그 특이한 개성의 하나다. 이 같은 빈정거림 투의 어조는 김경덕·홍순일 등 전향문학인들에 대한 작가의 우호적이지 않은 생각을 드러내는 형식의 하나로 볼 수 있다. 1940년을 전후한 시기 김남천의 문학과 삶의 겉모습이 어떠했든 정신의 깊은 곳에서는 여전히 반전향축의 자리를 고수하고 있었음을 말해주는 증거의 하나라 할 것이다.

일제 말의 사상투쟁과 전향소설

전향소설 가운데 전향을 사상 선택 및 포기의 차원에서 가장 깊이 다룬 것은 김남천의 「경영」·「맥」 연작이다. 이 연작에는 세 사람의 지식인이 중심인물로 등장한다. 한 사람은 진보적 사상운동가였으나 대동아공영론의 마권에 휘말려 새로운 길, 곧 대동아공영론이란 일제침략주의를 실천하는 친일의 길로 나아간다. 살기 위해, 또는 강압을 못 이겨서가 아니라 그 논리에 설득당한 새 길의 선택인 것인데, 그런 그는 일제 말 지식인의 한 유형을 대표하는 전형이며, 대동아공영론에 논리적으로 설득당해 그것에 기울어짐은 이 시기 지식인의 내면을 구성했던 요소 중의 하나일 것이다.

내 자신이 서 있던 세계사관(世界史觀)뿐만 아니라, 통틀어 구라파적인 세계사가들이 발판으로 했던 사관은 세계일원론(世界一元論)이라구도 말할 수 있는 것인데, 이러한 경우에 동양세계는 서양세계와 이념(理念)을 달리하는 것이 아니라, 동양세계는 대체로 세계사의 전사(前史)와 같은 취급을 받아온 것이 사실이었죠. 종교사관이나 정신사관뿐 아니라 유물사관의 입장도 이러한 전제로부터 출발했단 말입니다. 그러니까 동양이란 하등의 역사적 세계도 아니었고 그저 편의적으로 부르는 하나의 지리적 개념에 불과했었단 말입니다. 그러나 만약 이러한 세계일원론적인 입장을 떠나서, 역사적 세계의 다원성 입장에서 생각해본다면, 세계는 각각 고유한 세계사를 가지고 있다는 것을 알 수도 있고 증명할 수도 있지 않은가. 현대의 세계사의 성립을 이러한 각도에서 이해하려고 한다면 우리가 가졌던 세계사관에 대해서 중대한 반성을 가질 수도 있으니까…….

(……)

가령 동양이라든가 서양이라든가 하는 개념도 로마의 세계에서 성립된 것이고, 또 고대니 근세니 하는 특수한 시대 구분도 근세의 구라파 사학에서 성립된 구분이니까, 이런 것에서 떠나서 동양과 동양 세계를 다원 사관의 입장에서 새로이 반성하고 성립시킬 필요가 있지 않은가. 이것은 동양인의 학문적인 사명입니다. 동양인 학도가 하지 않으면 아니 될 의무입니다.[28]

혁명을 향해 나아갔던 오시형을 설득한 논리는 역사 전개의 다원성 논리이다. 여기서 중요한 것은 이 논리의 타당성 여부가 아니라 이것이 1940년 시점, 조선땅에서 어떤 의미를 갖는가이다. 두루 알듯이 세계일원론에 대한 비판과 다원 사관에 대한 강조는 대동아공영론을 뒷받침하기 위해 만들어낸 것이었다. 말하자면 그것은 "어떤 사회의 역사든 저마다의 법칙에 따라 전개된다"는 보편적 역사철학이라기보다는, 일본이 구상하고 있던 국제질서의 재편성을 위해 가공해낸 특수한 정치철학에 더 가까운 것이었다.

조선의 진보적 지식인들에게 있어 그 특수한 정치철학은 저항하기 어려운 가공할 폭력으로 작용, 굴복을 강요하기도 했고, 그들의 대부분이 걸었던 대세 추수의 행로를 보호하는 방패로 기능하기도 하였다. 우리는 앞에서 오시형의 전향이 살기 위한 방편일 수도 있음을 내비친 바 있지만, 반드시 그것만은 아니라는 사실이 보다 중요한 것으로 판단된다. 새로운 역사관을 역설하는 오시형의 말에서 우리는 신념인 특유의 열기를 분명하게 감지하는데, 마르크시즘을 좇던 신도였던 오시형은 새로운 이데올로기를 모시는 신도로 개종한 것이다.

또 한 사람은 허무주의자이다. 그 정당함을 믿어 그것에 자신을 기투할 수 있는 어떤 가치도 지니지 못한, 또는 잃어버린 지식인이다. 유럽적 근대의 문제점, 유럽적 근대를 수입하여 근대 건설에 매진하고 있는 조선사회의 문제점을 꿰뚫어보는 날카로운 눈을 지니고 있으며 오시형의 다원사관을 비판할 수 있는 지적 능력으로 무장하고 있는, 당대 조선 최고 수준의 지식인이라 할 그가 지향할 가치도, 발 디뎌 설 기반으로서의 가치도 잃고 깊은 허무주의를 앓고 있는 것이다. 우리는 1940년 전후 약 10년간의 우리 소설사 갈피갈피를 채우고 있는 것이 이 같은 허무주의의 안개임을 잘 알고 있다. 그것이 당대 현실의 한 핵심을 반영하는 것임은 물론인데, 이 점에서 이관형은 오시형과 마찬가지로 하나의 전형이다. 생각해보면 당대의 조선 지식인 가운데 허무주의의 독소에 감염되지 않은 사람은 드물었을 것이다. 이 점에서 이관형의 허무주의는 당대 지식인 일반의 공유물이었다라고 할 수 있을 것이다.

그러나 이관형의 정신이 허무주의에 속속들이 정복되고 만 것은 아니다. 그 안쪽에는 아직도 그 같은 허무주의와, 거기서 생겨난 퇴폐적인 정열의 유혹과 싸우며 앞길을 열어 나아가고자 하는 의지가, 광포한 자포자기의 심리에 휩쓸려들기 직전의 위태로운 상황 속이긴 하지만 살아 있다.

그런데 또 한 가지 이상한 건 작년부터 약 일 년 가까이

내 주위에는 참말 아무짝에도 쓸모가 없는 사람들이 욱적 거리고 있었습니다. 가령 문난주 같은 여자가 그 중의 한 사람입니다. 이 사람은 약 일 년 전에 우연히 알게 된 사람 인데 처음부터 나는 이 여자를 데카당스의 상징처럼 느껴 왔습니다. 그 사람이 들으면 노할는지 모르고 또 그 자신 그렇지 않은 사람인지도 모르나 나는 그를 볼 때마다 퇴폐 적이고 불건강한 것의 대표자처럼 자꾸 느껴진 것입니다. 그러니까 나는 자꾸 그를 피하고 물리쳐 왔지오. 또 오늘 나를 찾아와서 소절수를 주고 간 양반, 이 분은 내 아저씨 뻘 되는 분인데 몸도 건장하고 정력도 좋고 돈도 먹을 만 치는 있고 한 청년 신삽니다. 그는 하나의 정복욕을 가지 고 있습니다. 그러나 그 정복욕은 여자를 정복하는 데만 쓰였습니다. 그는 그 방면에 레코드 홀더가 된다고 스스 로 말하고 있습니다. 또 백인영이라는 은행가가 있었는데 이 양반은 잔재주를 너무 부리다가 그것 때문에 은행에서 실패했습니다. 그의 첩은 바로 저 문난주의 지기지우입니 다. (……) 이런 분위기 속에서 나는 일 년 동안 싸워왔습 니다.[29]

김남천은 이관형을 주인공으로 한 장편 『낭비』(浪費)를 『인문평론』에 연재하다 잡지의 폐간으로 미완에 그쳤다.

「맥」은 그 뒷이야기에 해당한다. 『낭비』의 연재 도중에 발표(1940. 10)한 「경영」의 후일담과 다하지 못한 이관형의 이야기를 엮어 「맥」을 만들어낸 것이다. 그것이 가능할 수 있었던 것은 두 가지 요인에 근거한다.

하나는 지식인인 그의 언어로써 비로소 오시형의 전향논리를 비판적으로 다룰 수 있다는 점. 오시형과 이관형의 지적 언어가 구축하는 두 논리의 맞대결은 사상의 근본문제 차원에 놓여 있는 것으로, 무조건의 타자부정과 몰반성적인 자기긍정의 거친 언어로 차 있는, 다른 소설들에서의 사상적 대립의 경우와는 크게 구별되는 것이니 우리 소설사의 한 장관이라 할 만한 것이다.

다른 하나는, 『낭비』와 「경영」의 두 중심인물인 이관형과 최무경이 다함께 절망 속에서도 미래에 대한 희망을 포기하지 않고 앞을 향해 자신을 열어가고자 하는 적극적인 성격의 소유자라는 점. 위 인용에서도 알 수 있듯이 이관형은 안에서 솟아오르고 밖에서 덮쳐오는 허무와 퇴폐의 유혹과 맞서 싸워왔다. 그 싸움의 한복판에는 뿌리내릴 지반을 상실하고 떠도는 정신의 적극적인 세계투쟁에 대한 깊은 동감이 놓여 있다. 미국에서 태어났으나 정신적으로는 미국 사회와 문화로부터 떠나 있었던 헨리 제임스, 아일랜드 태생으로 정신의 정주처를 찾지 못하고 떠돌았던 제임스 조이스 두 사람의 문학이 모두 '부재의식'(不在意識)을 핵심에 지니고 있는 것으로 파악하고 그 사회·역사적 원인을 찾아보고자 하는 그의 문제의식은, 식민지 지식인의 자의식과 서구적 근대를 좇아 나아가고 있는 주변부 지식인의 자의식과 깊이 관련돼 있다. 그 자의식은 한편으로는 부정과 긍정의 착종이라는 자기모순으로 격렬하게 들끓고 있으며 다른 한편으로는 그 자기모순의 혼돈으로부터 벗어날 길을 모색하는 치열한 자기성찰과 미래개진의 열정이 그 아래를 뚫고 흐르는 복잡한 내면의 소산인 것이다. 바로 뒤에서 살피겠거니와 배신과 실연의 충격에도 불구하고 굴강의 정신으로 자신의 앞날을 설계하는 최무경의 적극적 성격은 곧 이관형의 그것과 동질적이니 두 사람을 엮는 일이 가능했던 것이다.

이관형·오시형과 함께 「경영」·「맥」 연작을 이끄는 또 한 사람은 최무경이다. 지금까지의 연구에서 최무경은 거의 주목받지 않았는데, 깊이 살피면 그녀의 성격 속에는 프로 문학사에 대한 반성적 시각을 여는 중요한 요소가 깃들여 있다.

최무경은 '굴강의 정신을 소유한 인물'이다. 그녀는 감옥에 갇힌 애인 오시형을 위해 몇 년간을 살아왔다. 오시형의 옥바라지를 위해 취직을 했고, 자신의 모든 시간을 오시형에게 바쳤다. 오시형은 사회주의 사상운동을 하다가 구속된 지 이 년 가까이 되었는데 아직 예심조차 종결되지 않았다. 그러나 '개전의 정'을 보여 보석으로 석방된다. 부푼 마음으로 애인의 출감을 맞았지만 최무경을 기다리고 있는 것은 그녀가 꿈꾸던 행복과는 전혀 다른 비정한 현실이다. 오시형은 이미 전향하여 그가 신봉했던 '세계일원론'을 버리고 '다원사관'을 택해 황도사상(黃道思想)의 마권 속으로 휩쓸려들었고, 그가 부정했던 아버지, 곧 지배 이데올로기의 충직한 추종자의 손에 이끌려 그 아버지가 걷는 길을 따라 최무경을 버리고 떠나는 것이다.

오시형의 그 같은 행로는 사회주의 사상을 신봉했던 지식인의 전향이면서 동시에 한 인간의 이타적 헌신에 대한 배반이며 유린이다. 작가는 오시형의 행로를 지식인의 전향이란 당대 현실의 중요한 한 측면을 객관적으로 반영하는 냉정한 관찰자의 태도를 견지하면서 그 인간적 배신이란 윤리적 측면에 대해서는 거의 관심 두지 않고 지나쳤다. 세계일원론에서 다원사관으로란 논리적 설명만이 제시되어 있을 뿐 배반에 따르게 마련인 배반자 오시형의 고뇌를 거의 확인할 수 없다. 배반당하는 최무경의 상처와 고통이 그려져 있긴 하지만 배반 그 자체를 문제 삼는 추구라고 하기는 어렵다.

윤리적 성실성을 인간 덕목의 하나로 중시했던 김남천으로서는 의외의 지나침이다. 무엇 때문일까? 추측일 수밖에 없지만 이런 생각이 가능하다. 윤리적 성실성을 저버리는 것에 대한 확고한 부정의식이 개입, 오시형의 배반과 유린의 행위 안쪽으로 깊이 파고들지 못하게 작가의 붓길을 가로막았다는 것이다. 명백하게 잘못된 것으로 이미 규정되어 있는 터에 그 안쪽을 탐구할 이유는 없겠기 때문이다. 이렇게 살피면 「경영」·「맥」 연작은 '배반'의 주제를 품고 있으면서도 그것을 깊이 추구하지 못한 문제점을 지녔다고 말할 수 있겠다.

이처럼 '배반'의 주제를 지나치고 만 문제점은 지니고 있지만 이 시기 다른 전향소설에서는 만날 수 없는 주제를 품고 있어 「경영」·「맥」 연작은 소설사적 의미강(意味綱) 하나를 제시한다.

새 양복과 바꾸어 입은 뒤 아무렇게나 벗어던지고 간 세탁한 낡은 시형이의 양복이 침대 위에 뒹굴고 있었다. 신장을 여니까 무경이가 손수 닦았던 꼬드러진 낡은 구두도 초라하게 들어 있었다. 테이블 위에는 수국의 화분. 며칠째 물을 못 먹고 그것은 희끄무레하게 말라들고 있었다. 다시 물감을 부어도 빨개질 것 같지도 파래질 것 같지도 않게 시들어버리고 있었다.

'시형이를 위하여 얻었던 방이었다. 시형이를 맞기 위해서 저금통장을 빈털이를 만들면서 장식해 보았던 방이었다. 그는 인제 가버리고 여기엔 없다.'

'시형이를 위하여 나섰던 직업 전선이었다. 시형이의 차입을 대기 위해서 선택하였던 직업이었다. 시형이도 나오고 인제 직업도 목적을 잃어버렸다.'

무경이는 가만히 앉아서 빗발이 유리창 위에 미끄러지는 것을 물끄러미 바라보고 있다. 회색빛의 멍한 하늘이 얼룩하게 얼룩이 져서 보인다.

어머니에겐 정일수 씨가 생기고, 인제 나는 어머니에게도 필요하지 않은 딸이 되었다.

울고 싶은 생각도 나지 않는다. 그저 제 몸에서 빈 껍질만 남겨두고 모든 오장과 육부가 몽땅 빠져나가는 경우가 있었으면 하고 막연히 그런 경지를 생각해보고 있었다.

그런데 똑똑 노크 소리가 나고 급사가 문을 열었다.

"주인님이 나오셔서 장부 좀 보시잡니다."

급사의 말에 그는 정신을 차려 몸을 일으키었다. 그는 문에 쇠를 잠그고 층계를 내려 갔다. 내려가면서 점점 제 다리에 기운이 생기는 것을 느꼈다.

"방도, 직업도, 이제 나 자신을 위하여 가져야겠다!"

그런 생각이 사무실을 들어설 때에 그의 마음속에 이루어지고 있었다.[30](밑줄—인용자)

최무경을 충격하여 허탈상태에 빠뜨린 직접 원인은 물론

오시형의 배신이다. 그러나 그것은 한갓 계기일 뿐이다. 위 인용에 확연하듯 그녀는 그녀가 아무에게도 필요한 존재가 아니라는 사실을 깨닫고 깊은 충격을 받았다. 그러나 단지 이것만은 아니다. "방도, 직업도, 이제 나 자신을 위하여 가져야겠다!"라는 다짐은 지금까지 그녀가 자신을 위한 삶이 아니라 타인을 위한 삶을 살았다는 것, 다시 말해 주체로서의 삶이 아니라 타자에게 복속된 몰주체의 삶을 살아왔음에 대한 인식이다. 이런 여러 요인들이 오시형의 배반을 계기로 덮쳐와 그녀를 허탈상태로 몰고간 것이다. "울고 싶은 생각도 나지 않는다. 그저 제 몸에서 빈 껍질만 남겨두고 모든 오장과 육부가 몽땅 빠져나가는 경우가 있었으면 하고 막연히 그런 경지를 생각해보고 있었다"라는 진술은 그러므로 단지 그녀의 '생각'일 뿐만 아니라 그녀의 몰주체적 존재성을 날카롭게 드러내는 것이기도 하다.

그러므로 "방도, 직업도, 이제 나 자신을 위하여 가져야겠다!"라는 그녀의 다짐은 새로운 존재로 탈바꿈하고 싶은 존재전이의 욕망을 뚜렷이 드러낸 것이다. 최무경은 자기 삶의 주체로 다시 태어나고자 하는 것이다.

타인에게 복속된 몰주체적인 '나'가 아닌, 스스로의 삶에 대한 주체로서의 '나'라는 것은 「경영」·「맥」 연작 이전의 프로 소설사 전체와 맞서는 전복적인 이념소이다. 프로 소설

은 프로 계급과 프로 계급이 주도하는 혁명을 위해 복무한다
는 이념을 가운데 둔 강한 정치적 목적성의 문학이다. 프로
계급과 프로 계급이 주도하는 혁명이란 절대의 선을 앞세우
고 일로매진, 앞으로만 나아가는 이 강한 정치적 목적성의
문학을 떠받드는 것의 하나는 배제의 논리이다. 배제의 논리
는 타자를 자신과 구별하고 배제함으로써 더욱 뚜렷하고 확
고한 자기동일성을 확보하고자 하는[31] 것이다. 프로 문학은
혁명이란 '절대선'에 복무하는 문학이므로 그 자기동일성은
'절대적'인 성격의 것일 수밖에 없다. 그것의 진리성에 대한
의문 자체를 용납하지 않는, 그러므로 변경불가의 절대적 자
기동일성이다. 당연하게도 이 같은 절대적 자기동일성에 근
거한 프로 문학에 내재된 배제의 논리는 우리 소설사에서는
그 비슷한 경우를 찾기 어려운 철저한 것이 될 수밖에 없다.
프로 문학을 지배한 그 같은 논리에 의해 배제된 것 가운데
하나가 최무경을 통해 제시되고 있는 '스스로의 삶에 대한
주체로서의 나'라는 의미소인 것이다.

오시형과 이관형 두 인물 사이에 놓여 그들의 안팎을 드러
내는 역할을 수행하며, 그들의 전향과 허무적 방황을 비판하
며 '썩어 무수한 밀알을 맺는 한 알의 밀알'이고자 하는 밀알
의 사상을 일구어내는 인물, 그녀 또한 한 전형이며 그 같은
굴강하는 정신이 당대 지식인 일반의 내면을 구성하는 한 요

소였음은 물론이다. 요컨대 그들은 당대 지식인의 세 유형을 대표하는 전형적 인물들이며, 그들의 그 같은 성격은 당대 지식인 일반의 내면을 구성하는 세 중심 요소였던 것이다. 이렇게 본다면 「경영」·「맥」 연작은 일제 말기 지식인과 지식인 집단에 대한 가장 깊은 탐구를 수행한 작품이라는 평가가 가능하다. 일제 말기에만 국한되는 것만은 아니니, 우리 소설사에서 지식인을 두고 이 정도의 깊이를 확보한 작품은 그리 많지 않다는 것이 필자의 생각이다. 이 연작은 또한 전향의 시대를 거슬러 앞길을 열어 나아가려는 의지를 놓치지 않았던, 비전향축을 고수했던 김남천의 정신적 입지를 분명하게 확인시켜주는 증거로서도 중요한 의의를 지닌다.

일제 말기 조선사회를 규율한 지배이념은 황도사상이다. 완전존재인 천황이 표상하는 절대선의 실현을 위해 목숨을 돌보지 않고 나아가야 한다는 이념인데, 절대적인 성격의 것이므로 어떤 비판도 허용되지 않는다. 전적인 수용만을 용납하는 이 고압적인 이념에 순응하여 수많은 조선인들이 전쟁터로 일터로 나아갔다. 많은 조선 지식인들의 열기 띤 맹세와 선동의 언어가 마치 행진곡처럼 죽음의 어둠 속으로 향하는 그들의 발걸음을 따라 울렸다. 가장 대표적인 것이 이광수의 조선무화론이다.

조선인은 쉽게 말하면 제가 조선인인 것을 잊어야 한다. 기억할 필요가 없는 것이다. 나는 일찍이 조선인의 동화는 일본 신민이 되기에 넉넉한 정도면 그만이라는 생각을 가진 일이 있었다. 그러나 나는 지금에 와서는 이러한 신념을 가진다. 즉 조선인은 전연 조선인인 것을 잊어야 한다고. 아주 피와 살과 뼈가 일본인이 되어 버려야 한다고. 이 속에 진정으로 조선인의 영생의 유일로(唯一路)가 있다고.

그러므로 조선인 문인 내지 문화인의 심적 신체제의 목적은 첫째로 자기를 일본화하고 둘째로는 조선인 전부를 일본화하는 일에 전 심력(心力)을 바치고 셋째로는 일본의 문화를 앙양하고 세계에 발양하는 문화전선의 병사가 됨에 있다. 조선문화의 장래는 여기에 있는 것이다.

이리하기 위하여 조선인은 그 민족감정과 전통의 발전적 해소를 단행할 것이다. 이 발전적 해소를 가리켜서 내선일체라고 하는 것이라고 믿는다.[32]

「심적 신체제와 조선문화의 진로」는 총독부 기관지인 『매일신보』에 9회(1940. 9. 4~12)에 걸쳐 연재된 원고지 100여 매 분량의 큰 논설이다. 이광수는 이 글에서 조선인 전체가 철저히 일본화되어야 한다고 특유의 확고한 어조로 힘차게 주장하였다. 마침내는 "조선인이 조선인인 것을 잊어야

된다"라고 주장하는 이 과격한 조선무화론은 조금의 회의도 들이지 않으며 어떤 중간항도 인정하지 않는 절대성의 논리라는 점에서, 절대선의 존재인 천황을 중심에 둔 절대성의 이념인 황도사상과 구조적 동질태다. 절대성의 이념인 황도사상이 마찬가지로 절대성의 이념인 조선무화론을 만들어낸 것이다.

중심에 우뚝 솟은 황도사상이 소리치면 주변의 이념들이 똑같이 소리 내는 빈틈없는 반향의 메커니즘이 1930년대 중반에서 해방 때까지 약 10년간의 조선사회를 이끌었다. 이 같은 반향의 메커니즘을 비판하는 방법은 여러 가지일 것이다. 황도사상의 허구성 비판, 황도사상의 모태인 천황제 비판, 반향 메커니즘의 문제점 비판, 주변 이념의 허구성 비판 등등. 김남천의 「경영」·「맥」 연작은 그 주변의 이념 가운데 하나인 대동아공영론의 허구성을 문제 삼음으로써 일제 말기 조선사회를 지배한 반향의 메커니즘의 근본을 비판하고자 한 작품이다.

지금까지의 살핌에서 알 수 있듯 작품에 따라 편차가 있음은 결코 포기되지 않았던 준엄한 자기고발의 정신도 일제 말 미망의 시기에 이르면 현저하게 약화된다. 해방 전에 발표된 국문 작품 「등불」과 일문으로 씌어진 「어떤 아침」(1943) 등이 이를 보여주는 작품들이다.

화자의 이력과 작가의 그것이 거의 일치하는 것으로 미루어 이 작품이 씌어진 1942년 무렵의 작가의 내면을 사실적으로 그린 것으로 보인다. 내면 드러내기라는 내용에 걸맞게 고백체의 형식을 취하고 있다. 화자는 소설가이자 평론가로 5~6년간 활발한 활동을 했으나 지난 일 년 이래 붓을 놓고 상사의 직원으로 생활해오고 있는 사람이다. 『인문사』 주간의 청탁을 받아 '집필 복구'한 첫 작품이 「등불」인데, 『인문사』 주간, 문학청년 김군, 문우 신형, 누님에게 보내는 네 개의 편지와 그의 촉탁 보호자인 구니모도 씨를 만난 사실 기록 등 다섯 부분으로 이루어져 있다. 자신의 문학활동에 대한 회고, 어쩔 수 없는 상황 때문에 붓을 놓은 데서 오는 고독감, 생활신조 등을 담담한 목소리로 고백하고 있는데, 우리의 논의와 관련하여 필자가 주목하는 것은 전향하여 평범한 생활인이 된, 지난날 경향문학가의 상황 수용 자세이다.

그제나 이제나 변함없는 나의 생활 신념은 주어진(부여된) 환경 속에서 최선을 다하여 살아나간다는 성실, 그것뿐입니다. 나의 조부는 내 이름을 유성이라 지어주셨는데 생각해보면 이것은 저으기 교훈적입니다. 내가 일생 동안 지킬 수 있고 또 자식에게나 후배에게 부끄러움 없이 권할 수 있는 단 하나의 온건하고 존귀한 생활상 모토입니다.[33]

"새로운 환경과 운명 앞에 선 것을 깨달았을 때엔 거기에 대응할 만한 마음의 태세를 정비하는 것이 무엇보다도 필요한 일"이라는 인식이 화자로 하여금 '성실'을 생활신조로 삼도록 이끌었다. 그렇기 때문에 화자는 '숙련의 아름다움'을 칭송하고 업무나 대인관계에 서툰 자신을 부끄럽다 여기게 된다. 짙은 고독감을 동반하고 있지만, 화자의 이 같은 생활관은 이념실현의 적극성을 상실하고 소시민적 삶을 택한 자신의 합리화이다. 그리하여 마침내 그는 자신의 문자행위를 전면적으로 재인식하게 되는데, 그것은 가족에 대한 생각의 변화와 직접적으로 이어져 있다.

지난 오륙 년 동안 빈약한 붓 한 자루로 가족의 입에 풀칠을 한다고 모진 애를 썼으나, 거기까지 가족을 이끌고 오기에도 나의 노력은 결코 평범치 않았습니다. 문학한다는 사업은 고상하고 높은 목적 밑에 행하여지는 일이다, 이 존귀한 일을 위해서 나의 모든 것을 희생한다, 내가 희생을 무릅쓰고 나갈 때에 나의 가족이 가장(家長)을 따라서 희생을 당하는 것은 이 또한 어쩔 수 없는 일이다, ── 나는 이런 뱃심으로 가족을 이끌고 나왔습니다. 안 해도 아이들도 모두 여기에 이끌리어 아무런 불만 없이 오히려 긍지를 느껴가며 긴 동안을 불안한 살림 밑에 시달렸습니다. 단 하나 아름답고 높은 문학하는 목적 밑에…….

이제 내가 문학을 떠나 직업에 나섰을 때 가족에게 오랫동안 요구해오던 희생의 높은 목표는 그림자를 감추었습니다. 나는 문학한다는 것을 떼어버린, 그저 그것뿐인 한 가정의 남편이오 아버지입니다. 나는 그러한 관계의 변화를 명확히 깨달았습니다. 가정의 질서를 유지해가기 위하여 이러한 새로운 관계를 깊이 인식하는 것이 필요하다고도 생각했습니다. 새로운 깊은 인식이란 무엇입니까. 저 자신이 이제는 가족을 위하여 희생되어야 할 차례라는 깊은 각오였습니다. 이런 생각을 가질 때 나의 책임감은 갑자기 눈을 떴고, 동시에 나의 두 어깨는 무거운 짐으로 하여 허리가 굽어질 지경이었습니다.[34]

우리는 여기서 한 강인한 정신의 무너짐, 소시민적 삶으로의 완전한 돌아섬을 목도한다. 모든 프로 작가들이 '생활의 발견'을 내걸고 소시민적 삶으로 무너져갈 때에도 자기고발의 정신을 외로이 주창하며 험난한 시대를 뚫고 나아왔던 김남천마저 대세에 합류하고 마는 순간이다. 한국 근대 문학사상사의 취약성이 여지없이 드러나는 장면이라 하겠는데, 여기에는 강인한 생명력이 작용하고 있었다. 화자는 잠자는 아들을 향해, 독백처럼, "나는 살고 싶다"[35]라고 말하는 것이다.

하늘로부터 추방되어 지상에 귀양 온 사내에게 남은 길은 아내와 자식을 거느리고 그들의 행복을 위해 살아가는 희생적 가장의 길일 뿐이라는 생각이 그의 독백 속 핵심이다. 그 하늘은 그가 '존귀한 일'이라 생각한 문학 곧 혁명적 정치성의 문학일 터인데 이제 그는 그것과 양립 불가능한 체제내적 소시민의 자리에 옮겨 앉았다. 체제 전복을 향하던 정신이 체제 안쪽으로 굽히고 들어와 지배질서를 충실하게 따르는 존재전이를 행한 것이다. 그 존재전이는 전향하여 체제내적 삶의 길을 걸어갔던 이 시기 모든 전향자들의 삶과 이를 다룬 모든 전향소설의 가장 본질적인 형식소라 할 것이니, 이 점에서도 이 작품의 의의는 특별하다.

우리 문학사에서는 변혁운동에 복무했던 진보주의자들의 이념적 방향전환 이후를 다룬 소설, 곧 1930년대 중후반에서 1940년대 초반에 생산된 이른바 전향소설과 80년대 운동권(이 용어도 불투명하지만 관례를 좇아 사용하자면) 체험을 지닌 인물의 그 이후를 다룬 90년대 소설을 일컫는다. 후일담(에필로그)이란, 말 그대로 본 이야기가 끝나고 한참 뒤, 주인공을 비롯한 등장인물이나 중심 사건 또는 관계 등의 '그 이후'를 간략하게 보고함으로써 독자들의 궁금증 해소, 또 한 번 결말을 제시함으로써 기승전결의 서사구조를 보다 탄탄하게 구축하기, 본 이야기에서 충분히 다루지 못한 부분을 은근슬쩍 보완하기 등등의 역할을 수행하는 것이니 후일담소설의 그 후일담과 같은 의미를 지닌 것이라 하기는 어렵다. 전 시대 변혁운동의 사회·정치적 위상과 변혁운동에 복무했던 사람들에게 그 운동이 갖는 큰 의미 등을 생각할 때, 그 이후를 다룬 소설을 본 이야기로부터 시간적으로 멀리 떨어진 후일담에 비유하여 후일담소설이란 이름표를 붙이는 것일 따름이다.

30년대 후일담소설을 대표하는 김남천의 전향소설과 90년대 후일담소설은, 그런데 여러 측면에서 다르다. 무엇보다도 김남천의 전향소설은 90년대 후일담소설을 특징짓는 과거의 절대화 경향과 무관하다.

90년대 후일담소설의 대부분은 그 중심에 과거와의 연속성을 굳게 견지하려는 인물을 안고 있다. 이는 현실의 급속한 변화에도 불구하고 여전히 완강하게 자신을 유지하고자 하는 태도의 소산이다. 손쉽게 과거를 부정하고 현실질서의 폭력 아래 자신을 굽힌 변절의 기록들로 가득 차 있는 우리의 근현대사를 생각할 때 그들의 태도는 역사적 의미조차 확보한다. 굴강의 정신으로 존재의 연속성을 확보하고자 하는 그들의 고투는 아름답다.

그 연속성은, 그런데 현재를 살기 위한 것이 아니라 현재를 부정하기 위한 것이다. 과거에 스스로를 가둠으로써 '악

령들이 횡행하는' 현실세계와 현재의 자신을 부정하는 것. 그렇다면 부정의 대상인 현재의 그와 과거의 그는 서로 다른 존재이다. 그는 과거에 갇혀 그 과거를 척도로 현재의 그를 부정한다. 그러니까 그는 세 '그'로 분열되어 있는 셈이다. 그 연속성은 앞에서 보았듯 굴강의 정신으로 아름다운 인간을 세운다. 그 불연속성은 그를 과거에 고착된 존재로 가둔다. 그 가둠 때문에 90년대 후일담소설은 과거의 절대화라는 단일성의 틀에 고정되고 만다.

과거의 절대화는 과거를 채웠던 요소들에 대한 다각도에서의 반성적 접근을 근본적으로 차단한다. 예컨대 신봉했던 이념은 과연 당대 한국사회의 변혁에 유용한 도구였던가, 유용한 것이었다 하더라도 적용 과정에서의 오류는 없었던가, 또는 한국사회에 부정적으로 작용한 측면은 없었던가, 또 변혁운동에 뛰어들었던 젊은 정신들의 안쪽은 개(個)를 희생해 전체를 이롭게 하고자 하는 이타적 헌신성과 같은 순결한 요소들만으로 가득 차 있었는가 그렇지 않은가 등등의 물음 자체를 봉쇄하는 것이다.

과거의 절대화는 동시에 그 과거와 현재를 연속적인 것으로 바라보고 파악하는 것을 가로막는다. 과거의 절대화 곧 그 과거를 이끌었던 가치항들이 현재에도 여전히 의미 있는 것인지에 대한 반성적 검토의 차단은 절대의 권위를 지닌 그

가치항들로써 현재를 잴 뿐, 현재에 대한 탐구에 근거하여 그 가치항들의 정합성 여부를 따지는 것을 허용하지 않는다. 그럴 때 현재는 과거의 생산물로서의 현재가 아니며 과거는 지금의 관점에서 해석되고 재구축된 과거가 아니게 된다. 다만 과거이고 다만 현재일 뿐인 것이다.

90년대 후일담소설 일반과 달리 김남천의 후일담소설이 과거의 절대화와 무관하다는 사실은, 김남천이 변혁운동에 몰두하던 과거와 그것으로부터 이탈해 체제내적 존재로 내려앉은 현재를, 이분법적 단절의 관계가 아니라 연속된 변증법적 운동의 관계로 파악하고 있었음을 말해준다.

창작방법론의 전개

내용중심주의 비판

　김남천의 자기고발론은 상황의 변화에 따라 조직과 이념으로부터 이탈하고자 하는 경향이 갈수록 뚜렷해졌던 문학사의 전개와 맞서는 조직 지키기라는 실천운동의 차원과, 존재의 연속성 확보라는 윤리의 차원을 함께 껴안고 있는 것이라는 점에서 그 일차적 의의가 있음을 앞 장에서 살펴왔다. 이와 함께 거기에는 인물 형상화의 근본원리를 문제 삼는 미학적 시각이 들어 있으니 이로써 리얼리즘론의 정립을 위한 김남천의 고투가 본격적으로 시작되었다. 자기고발론을 이어 모랄론 · 풍속론 · 로만개조론 · 관찰문학론으로 이어지는 일련의 창작방법론들이 이에 펼쳐졌다.

　그러나 이곳으로 붓을 넣기 전에 지식계급의 주인공을

창조하는 마당에서 두 개의 방향의 어느 것이 우월하냐 혹은 저열하냐를 가리고 싶은 열망을 가질 것이나 우리는 전자 이것이 다분히 건전한 세계관과 관련되었고 후자가 최근의 세스토프적인 회색적인 내지는 내성적인 사상과 연관된 것을 상상할 수는 있으나 그렇다고 일률적으로 제재와 주제 선택의 여하에서 곧 작품 평가의 일체를 찾으려고 하는 것은 절대로 잘못이라고 말하지 않을 수 없을 것이다. 그것으로써도 우리는 그것을 '여하'히 설정하고 형상화의 길을 '어떻게' 진행시켰는가 하는 것에 보다 많은 흥미를 가지려고 하는 것이다. ─김희준은 적극적인 인테리겐차의 대표적인 전형이다.[36]

세계관의 건전성 여부, 제재와 주제의 어떠함이 아니라 인물 형상화 방식을 작품 평가의 기준으로 삼아야 한다는 주장인데, 이에 비로소 기존의 프로 문학을 지배해왔던 정치적 공식주의와 내용중심주의를 넘어설 수 있는 미학적 개념으로서의 전형에 대한 인식이 한국문학사의 지평 속으로 들어오게 되었다. 김남천은 그 같은 전형 창조의 대표적인 예로 『고향』의 주인공 김희준을 들었다. 그가 주목한 것은 김희준이 '고정화·이념화'의 병폐에서 벗어난 '살아 있는 인물'로 그려졌다는 점이다.

나는 지금 『고향』의 가장 아름다운 윤택 있는 장면의 하나로서 '달밤' 5회를 머리 속에 그려보고자 한다. 야학, 청년회, 귀로, 부부싸움——이것을 통하여서 작자는 상당한 정도까지 희준이를 벌거숭이를 만들려고 달려든다. 보기 싫은 아내를 가진 자의 야릇한 애욕을 폭로하고 소부르주아지를 상대로 하는 청년회 운동의 자기 만족과 합리화에 철추를 주고, 표면적인 명랑성의 외피에다 예리한 칼을 넣고자 한다. 그리고 드디어는 모든 활동과 생활에다 동요를 던져주고 이 속에서 끝까지 적막에 부닥치게 하고 현실에서 부서지는 것이다. 그리고 작자는 주인공을 데리고 달밤을 헤매려 넓은 들로 탈출하는 것이다. 실로 희준이나 작자에게는 집을 뛰쳐나와 넓은 평야에서 땅을 두드리며 통곡하는 수밖에 없었던 것이다. 적극적인 인테리겐차를 이렇게 땅 위에다 무자비하게 메어던지고 '다운'을 선언하는 작자 그는 마치 김희준은 이 비참한 불 속을 지나지 않고는 사람이 될 수 없다고 생각하는 듯 보여진다.[37]

이념실현을 위해 일로매진하는 적극적 주인공의 공식주의적 이상화를 실제의 작품 예를 들어 비판함으로써 김남천은 소설론의 새 단계를 열 수 있었다.

주인공의 형상화 방식 가운데 가장 중요한 것으로 가차 없는 가면 박탈을 통한 전면적 진실의 추구를 강조한 김남천의 생각은 임화가 대표하는 '주인공 중심주의'와 맞서며 소설론의 폭을 넓혔다. 이 사실은 매우 중요한데, 임화를 통해 자세히 검토해보기로 한다.

임화 소설비평의 큰 특징 가운데 하나는 작품 내부가 아니라 작가의 실천이라는 측면을 강조하는 경향을 뚜렷이 지니고 있다는 사실이다. 작가의 실천을 중시할 때 무엇보다 앞서는 것은 작가의 세계관이다. 곧 "그의 세계관은 올바른가 아니면 반동적인가"라는 물음이 최우선적인 위치를 차지한다. 임화가 주인공—성격—사상의 노선을 일관되게 견지했다는 비평사에서의 정리는 이 점과 관련되어 있다.

주인공—성격—사상을 강조하는 임화의 비평적 논리 한 복판에는 "부단히 무엇인가를 실현해 가는 과정"을 이끄는 "언제나 대상을 정복하고야 말리라는 갈망"인 '의지의 정열'[38]이란 개념이 자리잡고 있다. 그가 일련의 낭만주의론에서 강조하고자 한 것은 바로 이 의지의 정열인데, 작가의 실천을 무엇보다 강조하는 임화의 입장을 담아내는 핵심적 개념인 셈이다.

그렇다면 그 같은 의지의 정열을 드러내는 방법은 무엇인가. 주인공을 통해서라는 것이 임화의 대답이다.

생은 언제나 이러한 투쟁이다. 인간의 생애라는 것은 이러한 투쟁의 부단한 체험이고 그 주체적인 표현이다. 그 결과가 운명이라고 말할 수 있다.

이 운명의 표현을 위하여 소설은 많은 인물들 가운데서 주요한 一人을, 혹은 幾人을 택하게 된다. 그러므로 모든 소설이 주인공을 갖는 것은 당연한 일일 뿐 아니라 결정적인 일이다. 만일 주인공이 없다든가, 혹은 주인공이 분명치 않다든가 하다면, 곧 소설의 중심이 없다든가, 분명치 않다든가 하는 말과 동일한 의미가 된다.

인물, 더욱이 중요한 인물, 그 중에도 주인공을 통하여 운명이 표현되고, 운명 가운데 관념이 함축될 때, 운명을 타고난 주인공이 결여하거나, 분명치 않다는 것은 곧 관념의 결여와 무력을 의미하게 된다.[39]

핵심은 투쟁이고 관념이며 그것들을 함축하고 있는, 다른 말로 바꾸면 그것들이 집중되어 있는 주인공이다. 그 투쟁적·관념 체현적 주인공과 작가가 겹쳐 있음은 물론인데 작가의 실천을 무엇보다 강조하는 임화의 입장을 여기서도 확인할 수 있다. 임화 소설론은 이처럼 작가와 겹쳐 있는 주인공에 무게중심을 둔 주인공 중심주의에 근거한 것이다. 주인공 중심주의는 작품의 주제를 주인공(관념)이 체현하고 있어 주인공을 분석하면 그 주제를 손쉽게 파악할 수 있는 경우에는 대단히 효과적이다. 예컨대 김남천의 단편 「남매」(男妹)에서 임화는 내적 구조의 중심을 찾아내고 그것을 작가의 '눈'과 관련지었다. 작품의 마지막, 주인공의 질주가 작품의 초점이라는 것, 그 질주는 빈궁과 온갖 사회적 악이란 억압의 실체를 향한 항거라는 것, 그리고 그것은 자기고발론을 비롯한 일련의 창작방법 모색을 통해 앞길을 열어나가고자 했던 작가 김남천의, "동료 가운데서, 혹은 자기 가운데서, 새 시대가 가져오는 독소를 제거하자는 방어"[40]정신의 실천이라는 것이 임화의 주장이다. 짧은 작품이기에 「남매」의 단일한 주제를 주인공의 성격을 통해 읽어내고 그것을 작가의 실천이란 측면에 직접적으로 관련짓는 해석이 가능하였다.

그러나 모든 작품이 그렇지는 않으니 문제이다. 주인공을 중심으로 한 등장인물들 사이의 관계, 그들과 현실세계와의 관계 등이 엮여 이루는 복잡한 관계망의 전개 속 깊숙이 주제가 숨어 있는 경우가 많으며, 그 주제도 단일하지 않은 경우가 대부분이다. 특히 장편, 그것도 뛰어난 장편의 경우는 더욱 그러한데, 그런 작품을 대상으로 적용되었을 때 주인공 중심주의는 심각한 단순화와, 부차적인 것을 핵심이라 잘못 파악하는 오류에 빠질 위험성이 큰 것이다.

작가의 실천과 그것을 매개하는 중심 고리로서 주인공의

세계관을 문제 삼는 임화류의 '주인공 중심주의'에 맞서, 김남천은 주인공뿐만 아니라 모든 등장인물들, 나아가서는 모든 대상에 대한 치열한 추구와 폭로의 정신을 강조하였다. 이로써 작가를 대신하는 주인공의 세계관이 아니라 소설 내 모든 구성소들이 엮여 형성해내는 심층의 주제를 문제 삼는 시야가 열리게 되었다. 그 열림은 세계관의 성격, 우열성 여부 등을 문제 삼는 것과는 그 차원이 다른, 소설미학적 차원으로 소설론의 수준을 높이는 것이었다.

사상의 출구, 문학의 출구

그러나 자기고발론은 너무 협착하여 변명·자조나 신변잡사 영역을 벗어나기 어려운 성격의 것이다. "이 땅의 리얼리즘 문학을 이끌고 나아가"겠다는 포부를 지닌 김남천이 '사소설과 정사'를 할 수는 없는 노릇, 고발문학론이 제출되었다. "일체를 잔인하게, 무자비하게 고발하는 정신, 모든 것을 끝까지 추급하여 그곳에서 영위되는 가지각색의 생활을 뿌리째 파서 펼쳐 보이려는 정열"[41]이 이끄는 문학이다. 이 같은 정신, 정열 앞에 공식주의도, 정치주의도, 민족주의자도, 사회주의자도, 시민도, 관리도, 소작인도 가차없이 까발려져 철저히 묘사·반영되어야 한다고 김남천은 주장했다. 그는 그 같은 고발정신에 의한 적나라한 묘사·반영의 창작방법을 리얼리즘이라 생각했다.

위에서 살핀바 자기고발론과 그것을 포함한 고발문학론은 그러나 리얼리즘이라 하기는 어려운 창작방법들이다. 자기 내부의 소시민성을 고발하는 사소설적 성격의 전자는 두말할 여지조차 없거니와 후자 또한 몇 가지 문제점으로 인해 그러하다. 무엇보다도 고발되는 현실을 유기적으로 통합하여 전체성의 차원에까지 고양시키는 데 필수적인 일정한 시각, 곧 세계관의 역할에 대한 인식이 결여되어 있다. 반영되는 현실 전체를 통합하는 세계관의 결여는 작품을 쇄말잡사의 무질서한 진열장으로 만들 터이다.

따라서 새로운 단계로의 전진이 불가피했다. 불퇴전의 탐구정신을 소유한 김남천이었기에 더 나아갈 수 있었다. 모랄과 풍속 개념을 매개로 한 새로운 단계이다. 모랄이란 무엇인가.

이러므로 도덕 · '모랄'의 문학적 관념은 도덕률이나 도덕 감정도 아니고 또한 혹종의 습관 습속뿐만도 아니고 이러한 모든 현상을 그것 자체로서 파악하려고 하는 하나의 인식의 입장을 말한다.[42]

이렇게 규정되는 모랄의 배후에는 그러므로 사회와 역사에 대한 합리적인 과학적 인식, 작가와 일반대중과의 생활상

관련이 놓이게 된다. 한갓 개인의 도덕률 차원과는 엄격히 구별된다는 것이다. 모랄 개념이 이렇게 규정될 때 그것은 풍속과 밀접한 관련을 가진다. 풍속이란 사회의 생산기구에 기초한 인간생활의 각종의 양식에 의해 결정되는 것으로, 물질적 토대에 기반한 공통적인 사회현상이며 사회기구의 본질이 육체화된 것을 의미한다. 그러니까 작가 개인의 사적 틀 속에 폐쇄되지 않고 사회와 역사, 그리고 일반대중과의 폭넓은 관련 속에서 객관적 현실을 인식하고, 그것을 풍속을 통해 형상화하는 것이 모랄·풍속론의 핵심인 것이다. 여기에 이르면 객관적 현실의 전체성 파지와 관련된 리얼리즘론이 엉성하나마 나름의 모습을 갖추게 되었다.

그러나 여전히 문제점은 남는다. 무엇보다도 인식과 형상화를 동시적인 것으로 파악하지 않고 전후적인 것으로 파악하고 있다는 사실이 두드러진다. 문학을 형상적 인식이라 정의할 때 양자는 동시적이며 변증법적 관련 속에 자리한다. 작가의 머릿속 구상이 앞서는 법이지만 형상화 과정에서 그것은 폐기되거나 수정되며 때로는 본래의 구상을 훨씬 넘어서는 풍요로운 경지를 확보하게 되기도 한다. 문학을 다른 인식형태와 구별짓는 것은 형상성이지만 그것은 인식과 동시적으로 파악되는 성격의 것이다. 인식과 형상화를 전후적인 별개의 것으로 파악할 때 도식화가 초래됨은 필지의 사실이다. 김남천의 많은 작품들이 풍부한 형상성을 결여하고 있음은 이에서 비롯된 것일 터인데 그의 체질이 작가라기보다는 오히려 비평가 쪽에 더 가까웠음을 여기서 확인하게 된다.

모랄·풍속론을 통해 리얼리즘의 지평을 확장하였지만 추상적 원칙의 제시 수준에 그치는 것이어서 실제 작품창작에 큰 도움이 되기 어려웠다. 로만개조론이 제출된 것의 배경 중 하나는 이것이었다. 이 시기 평단에서는 소설성의 상실과 그 회복을 둘러싼 논의가 중심을 이루었는데 여기서도 임화와 김남천이 맞섰다. 임화는 당대 소설을 세태소설과 내성소설로 나누고 그 같은 분열의 원인을 "적극성의 상실", "말하려는 것과 그리려는 것과의 분열"이라 진단하였다. 일급의 비평가 임화의 실로 날카로운 통찰이라 하겠는데 김남천 또한 이에 동의하였다. 그러나 "전체주의를 경계하면서도 생기발랄한 통일된 적극적 성격을 창조하기는" 지극히 어려운 일, 임화가 본격소설에의 지향을 내세우며 작가들에게 '시련의 정신'이 필요하다고 강조했으나, 작가인 김남천에게는 대단히 곤란한 주문이었다. 당대를 배경으로 그 같은 성격 창조가 어렵다면 과거로 거슬러 올라갈 수밖에 없다. 가족사 연대기 소설이 이에 구상되었던 것이니 이를 용납하고 구현할 수 있는 새로운 로만의 모색이 뒤따르는 것은 당연하였다. 로만개조론의 또 하나의 배경은 이것이었다.

『대하』의 물길

　『대하』(大河)는 이 같은 로만개조론에 의거하여 씌어졌다. 김남천은 과거를 무대로 삼음으로써 상실한 소설성, 곧 "과학적 합리적 정신에 의한 개(個)와 사회(社會)의 모순의 문학적 표상"을 회복할 수 있으리라 기대했다. 과연 그러했던가? 작품을 검토할 차례이다.

　『대하』는 1939년 인문사 장편소설전집 기획의 하나로 출판되었는데 50년이 지난 지금에도 같은 예를 찾기 어려운 전작출판이라는 점에서 작가의 만만찮은 패기를 확인할 수 있거니와, 당대로부터 30년 전인 개화기를 무대로 설정함으로써 '현재의 전사'를 그린다는 진정한 의미에서의 역사소설을 겨누고 있음으로 해서, 당대와 절연된 역사적 과거를 무대로 삼아 역사의 낭만적 사사화(私事化)에 빠져들었던 이 시기 범람한 삼류 역사소설들에 정면으로 도전하는 문학사적 패

기 또한 읽어낼 수 있다. 뿐만 아니라 이 작품은 해방 전 김
남천 문학의 결산이자 동시에 1938년을 전후한 평단의 초점
이었던 장편소설론에 대한 작품으로서의 유일한 자각적 대
응이라는 점에서도 주목할 만한 의의를 지닌다. 또한 이 작
품과 마찬가지로 여러 대에 걸친 가족사를 중심에 놓고 있는
작품들, 예컨대 염상섭의『삼대』, 채만식의『태평천하』등과
의 대비를 통해 서로간의 차이를 밝힘으로써, 각자가 대표하
는 문학적 경향의 성격을 정립하는 데 기여할 수 있으리란
기대도 가질 수 있다.

가족사연대기 형식

작품의 경개 파악을 위해 안함광의 적절한 요약을 인용하
겠다.

제1장은 박성권을 기축하고, 새로운 요소인 세 개의 인
물(그 중에서도 뚜렷한 인물은 박형걸이다)을 최전선에로
내세우는 한편, 방계적으로는 부수적인 제인물들의 등장
을 통하여 다양한 모양과 다채한 정조의 세계를 보여주면
서 있다. 제2, 3장에서는, 차자 형선이의 결혼을 중심으로
한 그 당시 풍속의 전개와, 에피소드적 인물인 최관술을
통한 과도기적 시대의 특질을 보여주고, 제4장에서는, 서

자 형걸이의 내 · 외적인 일상적 울분이, 형선이의 결혼을
매개로 하여 촉발되어지는 과정과 이것이 부수적인 모티
프가 되어 삭발하는 과정과, 제6, 7장에서는 그러한 울분
과 공허감과 걷잡을 수 없는 정열이, 마침내 막서리 '쌍
네'라는 대상에로 쏟아지는 세계가 있는 한편, 형걸이, 대
봉이, 칠성이네아낙 등의 제인물을 통한 '자전거'의 활사
(活寫)로서, 단일한 지방적 접촉에서 전적인 사회적 접촉
에로 옮아가면서 있는, 당시의 시대적 특질이 그려져 있
다. 제8, 9, 10장에는 '쌍네'를 중심으로 한, 형준이, 형걸
이의 내면적 마찰에서 그들 성격의 차이가 나타나 있고,
박성권에 대한 박리균의 굴복을 통하여는, 봉건주의의 붕
괴와 초기 자본주의의 대두라는 새로운 시대적 사실이 개
성적으로 묘사되어져 있다. 제11, 12, 13장에서는, 이러한
시대의 문화면의 대변자이었던 기독교의 사조가, 문교사
라는 인물을 통하여 초기 계몽운동의 형태로 나타나는 한
편, 당해 시대의 경제적 특질면은, '중서'(中西)라는 인물
에 의하여 대변되어지면서 있다. 14장에서도 전도차로 갔
을 때와 빌미를 얻은, 기생 부용이와 형걸이와의 춘정 삽
화와, 두칠이네 부부생활의 전환을 통하여, 자유노동자라
는 일군의 사회가 형성되어지면서 있는 시대적 배경을 보
여주고, 15장에서는 단오놀이를 계기로 하여, 이 작품에

나타났던 초기 상업주의의 원시적 요소의 제인물, 중서, 박리균, 칠성이 등의 등장이 있고, 운동회를 통하여는, 신시대의 문화면을 전주하는 동명학원 건아들의, 비겁과 패배를 모르는, 억세인 약동의 세계가 있다. (……) 형걸이란 소년이, 상술한 바와 같은 인생의 극단까지를 경험하면서, 이 구석 저 구석 몸을 잠가보았으나, 외적으로 몰리고, 내적으로 솟아오르는, 울분과 공막감을, 또한 어쩐다는 수는 없었다. 이러한 가라앉지 않는 마음을 부둥켜안고, 춘정적 본능이 사주하는 대로, 기생 부용이를 찾던 형걸이가, 문득 그 문전에서 부친 박성권을 발견케 되는 것이 제이의적인 모티프가 되어, 전심(專心) 시대의 여명에로 심경이 전환되어진다는 곳에서, 이 작품『대하』말부 16장과 더불어 끝을 맺는다.[43]

이렇듯『대하』는 16장으로 구성되어 있다. 대하장편의 첫머리(1부)에 지나지 않는 미완의 작품이기에 이것만으로 온전한 평가에 이를 수 없음은 물론이다. 그러나 주인공(형걸)의 등장과 성장과정 그리고 새로운 출발로 이어지는 하나의 자족적 체계를 갖추고 있으며, 궤멸지경에 처한 소설의 혈로를 열고자 제출된 로만개조론을 일정하게 수용하고 있기 때문에 비록 제한적일 수밖에 없지만 의미 있는 논의를 기대해

볼 수 있다.

작품의 무대는 평안도의 작은 고을 성천, 중심된 시간배경은 1907년에서 1910년까지 삼 년이다.[44] 이 고을에 십여 년 전 이주해온 밀양 박씨 집안의 가족사가 중심축을 이룬다. 작품의 이해를 위해, 작가의 의도대로 집안의 연대기를 따라가보자. 1대인 박성권의 조부는 지방 아전으로서 온갖 부정한 방법으로 재산을 모은 인물이고, 2대인 박순일은 주색과 아편에 빠져 재산을 탕진하고 마는 인물이다. 그러니까 박성권의 가계는 조선조 지배질서 맨 아래 계단에 위치했던 중인 최하층 신분에 속하는 셈이다. 지방 아전에서 의·역관에 이르기까지 그 내부에 많은 층위가 존재했지만 양반계층 및 상·천민계층과 구별되는 중간계층으로 존재했던 조선조 중인계층은 그 독특한 위상과 신분적 질곡으로 인해 일반적으로 몇 가지 공통된 성격을 지녔던 것으로 분석된다. 첫째, 계층적 중간성으로 인해 객관현실의 전체적 동향을 빠르고 정확하게 파악할 수 있었다. 행정실무의 역할을 도맡았기에 이런 측면은 더욱 강화되었을 터인데, 양반계층이 주자학적 체계에 폐쇄되어 급속하게 변모하는 조선조 후기의 객관현실에서 점차 멀어져갔던 것에 대비되어 더욱 두드러지는 점이다. 둘째, 계층적 중간성은 또 한편 기회주의적 속성을 배양했다. 가운데서 균형을 취하기 위해서는 불가피했다 하겠는데 이 계층 출신인 염상섭의 '도회의식'이란 자기진단은 이와 무관하지 않다. 유리하면 떨쳐 나아가고 불리하면 움츠려 물러서는, 빈틈없는 현실주의의 부정적 측면인 셈인데 이 계층의 한계를 근본 규정하는 것은 바로 이것이다. 셋째, 정치적 상층으로의 진출이 철저히 봉쇄당했기 때문에 그 같은 결핍을 부의 축적을 통해 보상받고자 하는 속성을 지녔다. 예컨대 "吏雖廉潔 終無顯榮 利重於名 故吏多貪汚"(서리가 비록 깨끗하고자 하나, 끝내 드러날〔출세할〕 수 없고 이름보다 이익이 더 중하므로 재물을 탐하여 스스로를 더럽히는 경우가 많다)라는 중인 스스로의 진단이 있다. 넷째, 또한 신지식을 적극 수용함으로써 그 같은 결핍을 보상받고자 했다. 양반계층에 비해 주자학 이데올로기로부터 상대적으로 자유로웠기 때문일 터이다.

조선조 중인계층의 이 같은 성격은 조선조 사회가 여러 내부모순의 심화·분출로 무너져 내리던 19세기, 이 계층이 역사전개를 주도하는 상승계층으로 부상하는 추동력으로 작용한다. 축적된 부와 지식, 그리고 날카로운 현실감각을 바탕으로 역사의 전면에 솟아올랐던 것이다. 박성권의 조부는 사회제도의 혼란을 틈타 치부하는 부정적인 모습으로 나타나 있는데, 아마도 이는 작가가 이 계층의 역사적 위상에 대해 전혀 자각적이지 못하였기 때문일 터이다. 지방 아전계층이 위에서 열거한 중인계층의 일반적 성격을 두루 충분히 지니고 있었다고는 할 수 없겠지만, 그럼에도 그 같은 신분적 위상이 격렬한 변동과정상에 놓였던 조선조 말의 동향과 어떻게 관련 맺고 있으며, 그것에 규정된 선대의 역사가 어떻게 후손들과 접맥되는가에 대한 고찰이 아쉬운 것이다.[45)]

그리하여 1대와 2대는 다만 과거의 한 삽화로서 가족사의 첫머리에 장식적으로 배치되는 데 그치고 말았다.[46)] 3대인 박성권은 갑오농민전쟁을 틈타 치부한 인물이다. 군대를 상대로 한 장사, 군수품 운반업 등에 종사함으로써 일시에 재산가가 되고, 이를 밑천 삼은 돈놀이로 재산을 크게 늘려 쇠락한 집안을 부흥시켰으며, 돈의 힘으로 참봉 소리까지 듣게 되었다. 돈에 대한 강렬한 욕망, 이를 뒷받침하는 넘치는 정력과 냉혹하고 악착같은 성격을 지닌 이 인물을 통해 작가는 봉건사회의 해체와 새로운 사회, 곧 돈이 지배하는 사회의 도래를 드러내려 한 것으로 보인다. 그러나 작가의 이 같은 의도는 그의 강렬한 성격이 작품 끝까지 일관되지 못하였으며 돈에 대한 지극한 욕망이 한갓 고리대금업자의 그것에 국한되었다는 점 때문에 충분한 성공을 거두었다고는 하기 어렵다. 기골이 장대하고 얼굴 생김이 비범한, 이미 외모에서 남다른 인물, 전쟁터를 쏘다니며 돈벌이에 목숨을 걸 정도로 대담한 성격의 소유자, 채무 시일을 어기면 집이고 토지고 사정없이 뺏어 챙기는 "포학하고 아구통 쎈" 성격의 그가 작품 후반부로 가면, 처첩과 자식들, 집에서 부리는 하인들을 원만히 다스리는 너그럽고 자상한, 그러면서도 위엄 있는 가장으로, 의젓한 고을 유지로 변모하며, 끝까지 고리대금업자에 머무를 뿐 돈이 지배하는 새로운 시대, 초기 자본주의(상업자본주의)의 시대에 적극 대응하지는 못하는 것이다. 이 같은 사실은 박성권 또한 변화하는 사회현실과 관련, 역동적으로 파악되지는 못하였음을 의미한다.

다음 4대에 이르면 다섯 명의 자식들이 등장한다. 본처 소생의 3남 1녀와 서자 1명으로 구성된 4대의 인물들이 성장하며 소설 전개는 본격화된다. 이중 이미 청년으로 성장한 형준·형선·형걸 세 사람이 작가의 집중 조명을 받고 있는데 각각의 개성적인 성격을 통해 이 집안의 앞날이 예고된다. 다시 안함광의 분석을 인용해보자.

형준이는 사업욕과 실리주의의 일면을 계승하여 실업적인 방향에로 발전할 소지가 보이고, 형선이는 착실한 보수성의 일면을 계승하여 선량한 소시민의 경지에 주저할 소성(素性)이 보이고, 형걸이는 과단성의 피를 받아, 시대의 전선(前線)을 걷는 사회적 인물로 활동하게 될 것 같다. 이렇게 각 방면에서, 사회를 개성적으로 대변시킴으로 의

하여 전체적인 시대의 특질을 부조적으로 형상화하려고 하였다고 할 수 있다.[47)

물론 명료하지는 않다. 그럼에도 이렇게 정리해놓고 보면 작품의 포석이 분명해지는 셈이다. 이중에서도 중심은 서자인 형걸이다. 서자의 굴레, 아버지를 닮아 범상치 않은 외모와 고집 세고 왈패스러운 남성적 성격, 여기에 기독교와 신식 교육기관에 의한 근대적 교육의 영향 등이 복합적으로 얽히면서 소설 후반부의 중심인물로 솟아오른다.

형걸이의 마음속에 이루어진 결심, 막연하기는 하나, 오늘 밤 안으로 이 고장을 떠나서 평양으로든가, 더 먼 곳으로든가, 새로운 행방을 잡아보자는 것이었다. 그는 몇 시간 뒤에 평원도로를 향하여, 방선문 밖 신작로를 걸어 나갈 것을 상상하며, 문우성 선생이 기숙하고 있는 예배당으로 병대처럼 뚜벅뚜벅 걸어갔다.

작품 끝머리 형걸의 가출 결심 부분이다. 작가는 이 새롭게 성장하는 진취적인 인물을 주인공으로 개화기 이후를 그리고자 하였으리라. 형걸의 가출 결심을 마지막으로 작품은 더 이어지지 못하였지만 작품분석을 통해 추정해볼 수는 있다. 『대하』 1부에 내재해 있는 형걸의 진로는 어떤 성격의 것인가. 이를 밝히는 것은 곧 이 작품의 참 주제를 드러내는 것이다.

작품 『대하』는 형걸의 진로가 '돈'이 더욱더 지배적인 가치로 군림하게 되는 세계의 한복판을 지나가게 될 것임을 분명히 보여준다. 고을의 당당한 유지로 부상하는 박성권을 두고,

> 진사, 초시도 없고, 생원, 좌수, 참봉 이밖에 아전의 경력을 가진 이가 한둘이 아닌데, 차함 참봉 박성권에게 명예직이 떨어지게 된 것은, 시세가 벌써 어이된 것을 말하는 증거이기도 하나, 한편 돈의 힘을 무언중에 설명하는 좋은 재료로도 될 것이다.[48]

라 설명되는 데서 그것은 명료하다.

박성권의 부상을 통해 표출되는 돈이 지배하는 사회로의 변화, 그 변화의 한복판을 형걸은 서자의 멍에를 짊어지고 걷는다. 그 멍에로 인해 자본주의화의 표상인 박성권의 부로부터 일정하게 소외된 채, 생래적으로 덧씌워진 서출의 멍에가 급격한 현실의 변화, 그것을 반영하며 또 한편으로는 선도하는 새로운 교육과 합하여져 봉건적 신분질서의 타파라

는 시대이념을 강렬하게 표출한다. 그 같은 시대이념이 실제의 현실 속 생활인들의 의식변화로, 그리고 적서차별이라는 봉건적 신분질서의 한마디에 무게중심을 두고 그려지고 있다는 점에서 몇몇 지식인의 계몽적 변설로 그것을 드러내었던 신소설이나 『무정』 등과는 구별된다. 이렇게 본다면 박형걸은 자본주의화의 표상인 아버지 박성권의 부로부터 일정하게 소외된 채 신분질서의 타파라는 새로운 시대이념을 온몸으로 실현하고 있는 인물이라 규정할 수 있다. 여기에 그가 타고난 적극적 성격의 소유자라는 사실, 그리고 박성권의 비정상적이고 때로는 비인륜적이기조차 한 천민자본가적 성격을 덧붙여 생각한다면 『대하』 1부에 내재되어 있는 형걸의 진로는 비교적 분명해지는 셈이다. 그것은 한편으로는 점점 강화되어갈 자본주의적 질서에 대한, 다른 한편으로는 세찬 도전에도 불구하고 쉽게 청산되지 않는 여러 봉건질서에 대한 줄기찬 도전의 길일 것이다.

그렇다면 같은 가족사 소설인 『삼대』, 『태평천하』와 『대하』의 관계가 어떠한가. 『삼대』가 이미 확고하게 정착된 자본주의적 질서에 순응하지만 그러나 필연적으로 몰락할 수밖에 없는 식민지 조선의 한 중간층 집안의 운명을 그렸다면, 『태평천하』는 그 같은 노예적 순응주의의 일그러진 내면상을 그렸다. 다 같이 허무주의의 독소에, 정도의 차이는 있지만, 감염되어 있는 것인데, 염상섭과 채만식의 이후 작품 세계와 행로에서 이는 뚜렷이 증명된다. 이에 비할 때 『대하』는 형성기 조선 자본주의의 천민적 성격을 이에 맞서는 적극적 성격의 인물과 대비시킴으로써 그 근본을 무찌르고자 하였다는 점에서 크게 차이가 난다. 『대하』의 문학사적 의미의 하나는 이것이다.

풍속 묘사

우리는 앞에서 『대하』가 로만개조론에 의지한 작품임을 밝힌 바 있다. 로만개조론의 핵심은 잃어버린 소설성 곧 "과학적 합리적 정신에 의한 개와 사회의 모순의 문학적 표상"의 회복에 관한 것이다. 김남천은 "사회와 인물을 발생과 생장과 소멸에서, 다시 말하면, 전체적 발전에서 묘파"함으로써 그것이 가능하다고 생각했고 가족사연대기를 그 형식으로 제안했던 것이다. 지금까지의 소략한 논의에서 김남천의 그 같은 의도가 작품 『대하』에서 어느 정도 실현되었음을 확인할 수 있었다. 그러나 한계도 분명하다. 이미 지적했듯 이 집안의 계층적 위상에 대한 인식이 불충분하여 가족사를 일관하는 이념(가문의 특징적 정신 또는 성격)이 분명하지 않다는 점 등. 이밖에도 여러 가지를 지적할 수 있다. 무엇보다도 봉건적 토지소유 관계에 대한 인식이 전무하다는 것. 작가는 당대를 봉건사회의 해체기로 인식하고 그것을 역사의 발전법칙에 따르는 필연적인 귀결로 파악했다. "역사의 필연성을 폭로하는 것은 문학의 사명"이라는 생각으로 『대하』에서 그 같은 해체의 양상을 그리고자 하였다. 그럼에도 『대하』에 포착된 해체기의 양상은 토지소유 관계가 중심인 당대의 경제적 토대와는 거의 무관하다. 박성권은 지주이지만 땅에 대한 그의 집착만이 강조될 뿐, 소유와 생산 관계와는 전혀 동떨어져 있으며, 절게살이를 하다 막서리로 한 등급 올라서는 두칠의 변모도 토지문제의 시각 밖에서 그려질 뿐이다. 이 같은 인식의 문제점으로 인해 갑오농민전쟁조차도 돈벌이의 무대로만 파악될 뿐 그 역사적 성격은 간과되고 말았다. 이 작품에는 땅과 관련된 지주와 농민이 한 사람도 등장하지 않는다는 판단이 가능한 것이다. 이 같은 문제점으로 인해 『대하』는 김남천이 로만개조론에서 제출했던 토대에 의해 규정되는 풍속의 묘사라는 명제에 멀찍이 못 미치는 작품이 되고 말았다.

우리 소설사에서 토대의 규정성에 대한 인식이 비롯되는 것은 20년대 중반 이후의 경향소설에서이다. 이기영·한설야 등 경향작가들의 작품에서 그 같은 인식의 형상적 실현양상을 확인하는 것인데 『대하』는 경향소설의 이 같은 전통에서 벗어나 있다. 『대하』뿐만 아니라 김남천의 작품세계 전체가 그러한데 이는 그가 경향문단의 중심이론분자라는 사실과 정면으로 배치되는 기묘한 아이러니이다. 체험을 떠나서는 성립될 수 없는 창작의 특수성이 새삼 두드러진다 할 것이다.

또 하나의 문제점은 국권상실의 위기가 최고도로 높아졌던 당대의 급박한 상황이 거의 포착되지 않고 있다는 것이다. 작품의 배경인 1900년대 후반, 조선은 식민화로 이어지는 급경사의 내리막길을 속수무책으로 굴러내리고 있었다. 청·러·미·영 등과의 세력 각축에서 승리한 일본이 조선 지배의 고삐를 틀어쥐고 마지막 숨통을 죄어들던 일대 위기의 시대가 당대였다. 이 같은 위기상황의 어떤 편린도『대하』에서 찾아볼 수 없으니 기이한 느낌조차 들 정도이다. 예컨대 이 작품에서 큰 비중을 차지하고 있는 신교육의 내용은 신분철폐, 적서차별 철폐, 노비제폐지, 미신타파, 조혼철폐 등 제도·관습의 차원에 머물러 이 시기 교육의 강한 애국계몽적 성격을 완전히 빠뜨리고 있다. 형걸을 중심으로 한 소년들의 진취적 기상이 무게중심을 잃은 한갓 낭만적 분위기로만 느껴짐은 이와 무관하지 않다.

지금까지의 살핌에서 분명하듯,『대하』는 그 이론적 근거인 로만개조론의 내용을 제대로 소화하지 못한 작품이다. 『대하』의 여러 가지 문제점은 곧 김남천의 한계를 드러내는 것인데 이는 이후 그가 꿈꾸었던 새로운 소설에 대한 또 다른 구상이 한갓 몽상의 차원을 벗어나지 못한 것과 밀접하게 관계되어 있다. 김남천은 「소설의 운명」(1939) 등 일련의 글들에서 루카치의 소설론에 근거하여 새로운 소설양식의 획득을 꿈꾸었다. 그 새로운 소설양식은 "새로운 피안의 발견"이란 말에서 분명하듯 새로운 시대의 도래에 대한 꿈과 맞물린 것이다. 그러니까 김남천은 새로운 시대에 대한 유토피아적 열망을 '소설의 운명'론을 통해 피력하였던 것이다.

그러나 새로운 것에 대한 꿈꾸기가 한갓 몽상에 그치지 않고 실현 가능한 것이 되려면 객관적 현실의 뒷받침이 있어야만 한다. 새로운 시대와 그에 대응하는 새로운 소설양식을 꿈꾸는 작가에게 요청되는 것은 그 같은 객관적 현실에 대한 치열한 탐구의 정신일 터인데, 김남천의 경우, 앞에서 살폈듯 여러 가지 문제점을 지니고 있었다. 요컨대 그의 유토피아적 열망은 객관적 현실의 총체적 인식에 뒷받침받지 못한 한갓 몽상일 뿐이었다. 그 같은 몽상은 "경악할 만한" 성격의 것이긴 하지만, 또한 뿌리 없는 꿈꾸기의 차원을 멀리 벗어난 것이 아니었기에 쉽사리 추락할 수 있는 "전혀 놀랄 만한 것이 못 되는"것이기도 하였다. 실제로 이후 작품 「등불」에서 우리는 '살아남기'의 세계에 추락한 김남천의 정신을 확인하는 것이다.

『대하』는 긍정적으로 평가해야 할 측면을 여러모로 풍부하게 지닌 이 시기의 문제작이다. 그럼에도 토대와 상부구조와 규정적 관련성을 문제 삼는 경향소설의 전통에서 일탈함으로써 결정적 파탄에 봉착하고 말았다. 경향문학의 지도적 이론가인 김남천의 이 같은 파탄은 무엇을 의미하는가. 경향문학 전반의 근본한계를 확인하게 된다.

『동맥』의 세계

김남천은 『대하』를 잇는 속편 『동맥』(動脈)의 일부분을 해방 후 『신문예』(1947년 2월호부터 『신조선』으로 개명)에 모두 6회에 걸쳐 연재하였다. 이 가운데 4, 5회 연재분은 『조광』(1941. 5)에 발표되었던 「개화풍경」과 동일한 내용이다. 이로 미루어 『신문예』에 연재된 것은 이미 1941년 5월에 완성되어 있었다고 추정할 수 있다. 어쩌면 이 시점, 또는 연재가 시작된 1946년 7월에 『동맥』 전체가 완성되어 있었는지도 모르는 일이다. 이 모든 것은 그러나 추정일 뿐이다. 6회를 끝으로 더 이상 발표되지 않았으니 그 이후는 분단역사의 어둠 속에 캄캄하게 묻히고 말았다.

『동맥』의 시간배경은 형걸의 가출로부터 약 2년 뒤이다. 『대하』의 시간배경이 1907년에서 1910년까지로 추정되는 만큼 1912년 무렵이라고 할 수 있겠다. 2년이 지난 만큼 많은 변화가 있었다. █성균의 고리██업은 일로 번창, 가세는 계속 피어난다. 형█와 쌍네 사█가 깊어지는 것을 염려하여 평원선 공사판으로 █났던 두칠█ █네 부부는 돌아와 박성균의 객주를 대신 운█ █게 되었고, 동█학교에서 배운 신지식에 깊이 젖어든 젊은█들은 교회를 중█으로 더욱 적극적인 계몽활동을 펼치고 있██ 기독교의 █세는 갈수록 확장되어 천도교를 압박하고 있█ ██ 가운데 집나간 지 2년 동안이나 소식이 없었던 형걸의 편지가 날아들었다.

천하의 대세를 절관(竊觀)하오니 전구(全球)가 대벽(大闢)하고 열강(列强)이 경진(競進)하야 지학(智學)으로써 상쟁하고 치법(治法)으로 서로 밝히지 않음이 없으니 우리 사천 년 역사이래 일찍이 경험치 못한 일대변회(一大變會)라 하겠나이다. 아국이 만약 스스로 자기를 보전코저 한다면 구속(舊俗)을 진혁(盡革)하고 유신(維新)에 일의(一意)하야 내이백료(內以百僚)와 외이사민(外以四民)이 막불진력(莫不盡力)하여 타인의 경모(輕侮)함이 없이 된 연후에야 이루어질 수 있겠사오니 인민은 재하대상(在下戴上)하고 준령봉법(遵令奉法)하야 내즉(內則) 생재이족용(生財以足用)하고 외즉(外則) 양병이고봉(養兵以固奉)할지니 인민지권은 즉 일국의 재본야라 하겠나이다. 시이

(是以)로 상이백직(上以百職)과 하이사민(下以四民)이 각기 그 직을 다하고 그 힘을 다한 연후에 국가이녕(國家以寧)이오 민가이안(民可以安)이라 하겠거늘 아국이 만국과 교통한 이래로 우금 이십여 년의 시일이로되 아직 문명의 경위(經緯)를 깨달음이 없으니 개탄사 이 위에 더 큼이 없사외다.[49]

"역사이래 일찍이 경험치 못한 일대변회(一大變會)"의 시기를 맞아 "구속(舊俗)을 진혁(盡革)하고 유신(維新)에 일의(一意)"해야 함을 역설하고 있는 형걸의 편지가 느닷없이 뛰어들어 형선과 그의 아내 보부 그리고 보수적인 박성권조차도 뒤흔들고 마침내는 설복시켜 형선의 서울행을 이끌어내었다. 물론 형선의 서울행이 결정되는 데에는 형선과 보부의 형걸에 대한 경쟁심리 또는 질투심도 작용하였고, "구학문만 가지고 장차를 살아갈 수 없다"[50]는 박성권의 현실인식도 작용하였지만 가장 큰 요인은 '혁신의 이념'이다.

형걸의 편지에서 그 뚜렷한 모습을 드러낸, 당대 조선사회를 근본적으로 개혁해야만 한다는 혁신의 이념이 『동맥』의 세계를 지배한다. 이 점에서 이 작품의 주인공은 '혁신의 이념'이라 할 수 있다. 천도교 세력과 기독교 세력의 대립, 동학교도인 홍영구의 혼란 등 『동맥』의 주요 내용을 이루는 것들의 근저에 놓인 것도 '혁신의 이념'이다.

새로운 시대정신으로 부각한 이 혁신의 이념이 평양에서 160리 떨어진 폐쇄된 공간 성천을 갈수록 강하게, 갈수록 깊숙이 뒤흔들고 있다. 구성원들의 의식을 비롯하여 이 공간을 채우고 있는 모든 것들이 저 아래쪽에서부터 동요하며 무너져 내리고 그 자리에 새로 난 평원선을 따라 들어오는 새로운 지식·정보들이 들어선다. 김남천은 혁신의 이념의 지배 아래 급속하게 진전되고 있었던 이 같은 해체와 대체의 양상을 풍속 재현의 방법론으로 그리고자 하였던 것이다. 『동맥』이 계속 발표되었다면 우리는 한 사회의 변화양상을 풍속의 세목을 통해 깊고 넓게 그린 만나기 어려운 장편 하나를 가지게 되었을 것이다. 아쉬운 일이다.

마지막으로 홍영구를 통해 직접적으로 제시된 김남천의 외래문화 수용관을 살펴보기로 한다. 교회당 낙성식 기념으로 열린 연설회에서 「여심(汝心)과 오심(吾心)」이라는 제목으로 행한 홍영구의 연설 가운데 한 부분이다.

서학은 활발하고 매력이 있는 종교임에 틀림이 없습니다. 그러나 그것은 민정이 다르고 풍속이 판이한 서양의 종교올시다. 서양문명의 찬란한 결정을 받아들이는 데 인색하여서는 아니 되겠아오나 서양인이 가지고 온 종교가 서양사람의 것이라는 것도 잊어서는 아니 되겠습니다. 만약 우리가 우리 겨레의 타고난 사람 성품과 오랜 전통에 씨기운 미풍양속까지를 일체로 돌아보지 않고 부질없이 외국의 풍속과 종교 종지를 추종하고 본다면 그 결과로 무엇이 생겨날까는 이 또한 명약관화한 일이 아닐 수 없겠습니다. 지긋지긋한 사대사상 자기폄하(自己貶下)와 경박한 추수사상 부박스러운 사치정신 체면도 자존심도 없는 양인숭배열 이리하여 우리는 민심을 앗기우고 만국 선각민의 경모의 대상이 되지 않을 수 없겠습니다.

서양문명의 장처를 받아들여 우리의 단처를 보충함은 현명한 정책이오 후진한 민족의 피할 수 없는 운명이로되 공연한 추종과 민정을 돌보지 않는 모방정신은 단연코 이를 물리치지 않으면 아니 될 그릇된 풍조가 아닐 수 없습니다.[51)]

맹목적 서양 추수주의에 대한 홍영구의 날카로운 비판은 한국의 현실, 한국문학의 현실에 대한 고려 위에 세워졌던 김남천 문학의 한 성격을 뚜렷이 드러내 보여준다. 김남천 문학의 그 같은 성격은 그가 속했던 카프의 외래이론 추수주의에 대한 강력한 비판이면서 한국 근대문학사를 지배한, 서구적 근대라는 타자에 대한 절대의 가치 부여 경향에 대한 근본비판이었다. 맹목적 서양추수주의에 김남천의 비판적 인식은 이에 멈추지 않고 기독교의 정치적 성격까지도 꿰뚫었다. "구미(歐米) 서양의 강국들이 야소교를 가지고 도정의 기본을 삼을 뿐 아니라 멀리 우리 동양을 엿봄에도 이 주교의 세력을 이용함이 많음은 친히 목도하여 명백한 일"[52]이라 하여 기독교가 서구열강의 식민침략에 선봉 역할을 수행한 것을 비판하고 있는 것이다.

한국사회의 근대화와 서구적 근대라는 타자의 관계에 대한 김남천의 깊은 통찰과 비판적인 인식에 근거한 개화기의 소설화 작업이 더 이어졌다면 우리는 한국사회의 근대화 문제를 그 기원에서 문제 삼는 소설 한 편을 자랑할 수 있었을 것이다. 아직까지도 김남천 식의 시각에 근거한 소설이 씌어지지 않은 현실을 생각하면 그 아쉬움은 더욱 커진다.

근대성의 탐구

전통에 대한 관심의 결여

우리는 이 글의 첫머리에서 김남천의 글 속에 '아버지'가 부재하는 사실을 들어, "(1)김남천의 삶과 문학이 아버지로 표상되는 과거(전통·집)로부터 벗어나 미래(이념·새로운 집)을 향해 내달린 혁명적 정치성의 삶과 문학이고 (2)김남천의 삶과 문학이 아버지(과거·전통·집)에 대한 탐구에 근거하지 않은 무조건적 부정의 삶과 문학이며 (3)그러므로 김남천의 혁명적 정치성의 삶과 문학은 과거를 안고 그 속에서 새롭게 솟아오른 변증법적 지양태가 아니라는 사실을 상징적으로 드러내는 것"이라 말한 바 있다. 바로 앞에서 우리는 『대하』의 등장인물 홍영구의 입을 빌린 맹목적 서구추수주의와 그것에 근거한 근대화에 대한 김남천의 비판의식을 확인하였다. 앞의 것과 뒤의 것은 서로 상반되는 의견이니 명백한 모순이다.

　그렇다면 진실은 무엇인가. 맹목적 서구추수주의와 그것에 근거한 근대화에 대한 『대하』에서의 비판적 의견은 그야말로 예외적인 것에 지나지 않는다. 그것조차도 한국사회의 전통 전체가 아니라 "우리 겨레의 타고난 사람 성품과 오랜 전통에 씨기운 미풍양속"이라 하여 '겨레의 성품'과 '미풍양속'이라는 모호하고 부분적인 것만을 염두에 둔 것에 지나지 않는다. 김남천에게는 한국사회의 과거가, 현재를 낳고 미래를 열 생성의 근원이라는 사실에 대한 인식이 거의 없었던 것이다.

　① 논쟁의 토대를 조선의 작가와 작품과 조선의 문학적 현실에 두지 않은 것. 평론가들은 신창작방법의 가냐 부냐를 토론함에 소련적 현실(사회주의적 현실)과 조선적 현실(자본주의적 현실)을 일반적으로 운위함에 그쳤을 뿐으로, 조선의 문학적 현실에서 토론의 자료와 물질적 기초를 구하기에 인색하였다.[53]

　② 조선의 문학은 가까이 30년에 이르는 신문학의 역사를 가지고 있고 십 유여(有餘) 년의 신흥문학의 경험 위에 서 있다. 이것의 거부나 이것의 포기에 의하여 우리는 일

보도 전진하지 못한다. 오늘날의 조선의 작가는 싫거나 좋거나 이 속에서 자라났고 또 이것을 토대로 하여서만 금후에도 성장을 할 것이다. 미약하고 불충분하고 보잘것없는 하찮은 물건일는지 모르나 이것이 오늘날의 조선문학의 현실적 기반이다. 이 기반에서 훌쩍 떠나서 고대로 날아가 보아도 문학은 전진하지 못한다. 이것을 내버리고 훌륭한 미래를 환상하여도 문학은 번영할 수 없다. 우리는 이 현실적 기반 속에서 아세아적 특수성을 극복하고 새로운 문학을 창조하여야 한다.[54]

①은 신창작방법 곧 사회주의 리얼리즘을 둘러싼 논쟁에 대한 김남천의 비판적 진단이다. 조선의 현실, 조선의 문학적 현실에 근거하지 않은 구름잡기 식의 논의들로 가득 찬 논쟁이었다는 것이다. 그렇다면 김남천은 조선의 현실을 어떻게 인식하고 있었는가. "이 땅의 사회사에 있어서의 사회적 경제적인 특수성(아세아적 생산양식)으로부터 유래된" '아세아적 퇴영성'[55]을 지적하는 몇 구절을 찾을 수 있을 뿐 더 이상의 논의를 확인할 수 없다. 그러니까 한국사회의 과거 역사는 아시아적 퇴영성으로 인해 정체의 연속이었다는 것, 그러므로 아시아적 퇴영성을 넘어 새로운 역사창조로 나아가기 위해서 참고해야 할 것은 그처럼 정체된 과거의 한국

역사가 아니라는 것이 김남천을 지배한 역사의식의 핵심 내용이었다고 할 수 있다.

이처럼 한국사회의 지난 역사를 전적인 부정의 대상으로 인식하는 역사의식과 나란히 지난 문학사에 대한 김남천의 단절론적 입장이 뚜렷이 자리잡고 있다. ②에서 명료하게 드러나 있듯, 김남천의 의식 속 지난 문학사란 고작 30년을 넘지 않는 '신문학의 역사'를 말한다. 천 년에 이르는 그 이전 문학사는 아예 관심의 대상이 되지 않았던 것이다.[56]

1930년대 중반을 넘어서며 김남천의 글에 고향인 성천이 자주 등장한다. 소설의 배경으로도, 회고적인 수필의 자료로도 빈번히 다루어진 그 성천은, 『대하』를 제외하곤 모든 경우에 아름다운 산수풍경의 공간이며, 현재의 고통을 위무하는 어릴 적 따뜻한 추억이 어린 공간이며, 다른 지역과는 다른 특별한 풍속을 지닌 지역이란 의미를 지닌 것이다. 다만 그뿐, 역사적 전환기를 맞아 전통을 해체하려는 새로운 지향과 그것에 맞서는 전통의 자기유지를 위한 투쟁양상에 대한 김남천의 인식을 보여주는 내용은 거의 찾을 수 없다.

이렇게 해서 내 고향은 어느 때 가보나 변하지 않은 한심스런 작은 고을채로 남아 있다. 지금 아이들이 배우는 조선어 독본에도 그러한 글이 쎅어져 있는지 모르지만, 물론 성천의 두 자는 말살이 되어 버렸을 것이요, 설혹 지리책의 한 귀퉁이에서 그의 형해를 발견한다고 하여도 명산지도 교통의 요지도 떨어져 버렸을 것이다. 그럴수록 1년만에 찾아가나 2년만에 찾아가나, 또는 내가 외지에서 갖은 고난을 겪다가 오래간만에 찾아가나, 내 고향의 모습과 사람과 풍습은 변함이 없고, 내가 어려서 놀던 곳, 산보하던 곳, 그런 곳이 그대로 나를 맞아주는 것이다.

새해가 왔다고 무엇이 변하였으랴! 나는 새해를 맞으면서 두고 온 고향을 그리며, 헛되이 삭막해가는 고을의 스산한 소리만 늘어놓았으나, 그들이 희망에 살기를, 그리고 그들의 생활에 다행이 있기를 비는 마음만은 잃지 않고 있다.[57]

김남천은 과거의 해체를 향해 나아가고자 했던 정신을 지닌 변혁의 인간이었지만, 그 변혁 대상인 과거에 대한 구체적 탐구와 그것에 근거한 과거와 현재 그리고 지향할 미래의 역동적 관계에 대해서는 거의 관심두지 않았던 것이다. 이 점에서 김남천의 삶과 문학은 과거를 무화시킨 백지상태에서 급조된 건축물과도 같다. 어디 김남천의 경우에 국한되는 것이겠는가. 한국의 프로 문학, 나아가서는 한국 근대문학 전체가 그러했다.[58]

이 같은 한계에도 불구하고 김남천 문학은 급속한 근대화 과정을 밟아 나아가고 있던 당대 한국사회를 깊이 탐구해보인 문학으로 문학사에 기록되어야만 한다. 유일한 완결 장편 『사랑의 수족관』(1939)을 검토할 차례이다. 발행된 지 불과 10여 일 만에 재판을 낼 정도로 인기 있었던[59] 이 작품을 두고 채만식은 다음처럼 평하였다.

> 『사랑의 수족관』은 여러 가지 각도에서 작품의 우수성을 발견할 수 있는 소설이다. 그러한 중에서도 내가 따로이 제일 혹한 것은 작중의 남자 주인공 '김광호'의 인물이다.
>
> 첫째 왈 치기가 없다. 단편은 몰라도 조선문단의 허다한 장편들 가운데 『사랑의 수족관』의 김광호처럼 젊은 사람으로 치기가 없는 인물을 그려낸 작품은 아마도 전무했다고 해도 과언이 아닐 것이다. 항상에 문제에 오르는 『무정』(無情)의 '형식'(亨植)이나 『고향』(故鄕)의 '김희준'은 『사랑의 수족관』의 김광호에 비하면 완연히 어린애들이다.
>
> '김광호'의 사람 됨이 어떻게도 의젓한지.[60]

채만식은 주인공 김광호를 두고 치기 없는 의젓한 어른이라고 하였다. 더욱이 『무정』의 형식과 『고향』의 김희준을

"김광호에 비하면 완연히 어린애들"이라 폄하하며 내린 진단이니 가히 극찬이라 할 만하다. 그러나 채만식의 고평은 '주례사 비평'의 관례를 좇아 무조건 바쳐 올린 허사가 아니다. 일급 소설가인 채만식의 날카로운 눈이 그 이전 한국소설에서는 찾기 어려웠던 성숙한 인물성격을 정확히 읽어내고 적확한 평을 내렸던 것이다.

김광호는 토목기사로서 평원선 건설작업에 참여하고 있다. 놀랍게도 그는 일본 최고의 대학 가운데 하나인 교토제국대학 출신이다. 당시의 조선인들이 꿈꾸기 어려웠던 명문대학 출신이라든지, 그런 학력에도 불구하고 건설현장의 흙먼지 속에 뒹굴고 있다든지 하는 것을 두고 채만식이 그처럼 고평한 것은 물론 아닐 것이다. 문제는 그의 사상이다.

그렇다고 내가 어떤 사상이나 주의를 가진 것도 아닌 것이 사실이어요. 어떤 입장에서 그렇게 생각한 게 아닙니다. 오직 나는 때때로 나의 죽은 형을 생각합니다. 나는 물론 형의 사상이나 주의에 공명하지는 않았고 지금도 그러한 입장에 서고 싶지는 않으나 어딘가 나의 생각에는 형의 영향이 남아 있는 것 같아요. 그것이 무엇인지는 모르나 여하튼 자선사업이나 그런 것에 대한 냉담한 태도는 형에게서 받은 유산같이 생각됩니다. 그러나 나는 경히 씨가 생각하는 것처럼 악질의 허무주의자는 아닙니다. 나는 첫째 직업엔 충실할 수 있습니다. 나의 직업에 대하연 무슨 까닭인지 모르나 그렇게 깊은 회의를 품어본 적이 없는 것 같아요. 무엇 때문에 철도를 부설하는가? 나의 지식과 기술은 무엇에 씨어지고 있는가? 그런 걸 생각한 적은 있습니다. 그러나 단순하게 나는 그런 생각을 털어버릴 수가 있었어요. '에디슨'이 전기를 발명할 때 그것이 살인기술에 이용될 걸 생각하지는 않았을 테고, 설사 그것을 알았다고 해도 전기의 발명을 중지하지는 않았을 거다, ─이렇게 생각한 것입니다. 그러나 기술에서 일단 눈을 사회로 돌리면 나는 일종의 페시미즘〔悲觀主義〕에 사로잡힙니다. 나의 주위에도 많은 인부가 들끓고 있고, 그 중에는 부인네나 어린 소년들도 많이 끼었습니다. 직접 나와 관계를 가질 때도 있습니다. 그들의 생활문제, 아이들의 교육문제……. 나는 어찌할 바를 모릅니다. 그러나 자선사업을 가치로서 인정할 만한 정신적인 원리는 그 가운데서 찾아내지 못했던 것입니다.[61]

그는 근대교육제도를 통해 근대과학의 산물인 '지식과 기술'을 익힌 공학도이다. 그 쓰임새, 곧 그것이 어디에 쓰이며 그 쓰임은 옳은가 나쁜가 등의 문제에 대한 관심이 전혀 없는 것은 아니지만, 공학도로서 자신이 익힌 지식과 기술을 사용해 도로를 건설하고 건물을 세우고 하는 직업인으로서의 실무문제에 대한 관심에 비하면 그것은 부차적인 것에 지나지 않는다. 또한 사회문제에 전혀 관심이 없는 것은 아니지만 그것 또한 마찬가지이다. 그는 전문직업인으로서의 직업윤리에 충실한 사람인 것이다.[62]

앞에서 살폈던 「등불」의 주인공이 '직업'에 대한 충실을 다짐했던 것과 통하는 이 같은 생각은 두 가지 측면에서 이해될 수 있다. 하나는 김남천이 제시한, 일제 말의 어둠을 견디는 방식의 하나일 수 있다는 것. 김광호의 형인 김광준은 왕년의 사상운동가였으나 그 사상에 대한 믿음을 잃고 일종의 '생명의 낭비자'[63]로 살다 청춘에 죽었다. 장례식에 옛 친구들이 문상 왔다. 10년 전 "그때의 혈기나 의기는 다 없어지고 지금은 모두 각인 각색", "각각 직업들을 갖고 생활을 갖고" 살아가는 사람들이다. 이들을 두고 김광호는 "그만큼 자기의 가치를 새로이 발견하셨겠지요. 형은 끝까지 신념을 찾지 못하고 돌아가셨지만……"이라고 말한다. 그들의 변화에 대한 긍정도 부정도 아닌, 담담한 어조에 실린 객관적인 보고일 뿐이다. 이 객관적 보고의 안쪽에는 그러나 "끝까지 신념을 찾지 못하고 돌아간" 형 김광준의 낙백과 갑작스런 죽음에 대한, 혈육의 정을 넘어서는 깊은 연민과 안타까움에 대비된 비난의 시선이 음울하게 빛나고 있다. 김남천은 새로운 가치를 발견하여 저마다의 직업과 생활의 세계로 나아간 형의 옛 친구들의 변화를, 마음 깊은 곳에서는 객관적 거리를 두고 담담하게 바라보고 말할 수 없었던 것이다.

'새로운 가치'의 발견으로 나아가지 않을 때 과거의 사상운동가를 기다리는 것은 김광준의 경우에서 보듯이 생명 낭비의 삶, 그리고 죽음뿐이다. 사상에 대한 믿음을 버리고 새로운 가치를 발견해 새로운 생활과 직업의 길로 나아가는 것은 받아들이기 어렵다. 그렇다면? 김남천은 그 진퇴양난의 골짜기로부터 벗어날 길을 근대과학의 산물인 지식과 기술이 움직이는 가치중립성의 세계를 통해 찾고자 한 것은 아닐까?

유진오의 『화상보』(1940)에서도 우리는 이와 통하는 사상을 확인할 수 있는데 두 작품이 같은 시기의 소산이라는 점에서 이는 의미심장하다. 『화상보』의 주인공 장시영의 정신을 떠받들고 있는 "스스로 믿고 잡〔執〕는 바 있는 사람"이 가지게 마련인 "어떤 권위도 두려워하지 않는 엉큼한 자신"과 "실로 강철보다도 더 단단한 의지"[64]에 의해 추동되는 그 사상은 대동아전쟁의 전운이 무르익기 시작한 시대, 대동아공영론과 사실수리론이 횡행하고 그 반대편에 허무주의가 독버섯처럼 피어나는 시대를 견디며 앞날을 준비하는 견딤과 희망의 사상이다. 이 같은 사상의 눈으로 허무주의자의 내면에서 '인생의 희망'과 '정열'을 볼 수 있었다.

기섭의 조용조용 하는 말을 듣는 동안에 시영은 문득 그의 말에서 위대한 정열을 느꼈다. 노자를 말하고 무욕(無慾)을 말하고 하던 기섭은 그러면 아직도 인생의 희망을 내버리고 있지 않았던 것인가. 거꾸러진 것은 파뜩파뜩하는 젊은 핏기뿐이고 정말 위대한 정열은 그 실패에 의해 도리어 한층 뿌리깊이 속으로 파고들어 갔던 것이 아닌가.[65]

근대과학이 열어놓은 가치중립성의 세계를 지향하는 마음 움직임의 안쪽에는 여러 가지가 깃들어 있다. 전근대사회에서 태어나 근대사회 형성의 시대를 살며 근대 초극의 길을 걷고자 했던 김광준의 마지막 말을 통해 김남천 스스로를, 자신과 같은 길을 걸었던 사람들의 생애를, 그들의 생애를 안고 흘러온 한국근대사 30여 년을 근본 투시하는 날카로운 통찰의 눈이 빛나고 있으며, 그와 그들의 지향이 꺾이고 무너지는 현실을 아파하는 마음이 깃들어 있고, 군국주의의 마권에 휩쓸려든 조선 현실을 고통스럽게 정시하는 슬픈 눈이 우울하게 번득이고 있다. 이 점에서 저자는 밑줄 친 부분을 특히 주목한다.

"가야 할 시기에 가는 것이 나는 만족한다."

한 마디를 그렇게 말해보곤 병자는 다시 눈을 감고 입을 다물었다. 그때에 광호는 병자의 눈에 약간 물기운이 도는 것을 발견한 것 같았으나 눈을 감은 뒤엔 입가상에 갸냘픈 미소가 흐르는 것 같아, 그가 지금 경험하고 있는 심리상태를 손쉽게 추측할 수가 없었다. (……)

"삼십여 년의 짧은 생애가 마치 한 세기나 되는 것 같다. 옛날 사람이 삼사 세기에 걸쳐서 경험하던 것을 우리는 삼십여 년에 겪는 것 같다. 그러나……" 하고 병자는 유난히 높직한 목소리를 내었으나 그 다음 말을 이어나가지 않았다. 한참만에야,

"그러나 가야 될 시기에 가는 것이 나는 만족하다" 하고 아까 한 말을 다시 한 번 되풀이하였다.

"더 살아서 아무 소용이 없어졌을 때 알마치 나의 육체가 살 수 없게 되는 것이 나는 반갑고 기쁘다……."

그러나 이 말이 떨어지자 곧 그는 눈을 감았고, 그의 얼굴이 태풍 같은 표정을 경험한 뒤엔 감은 두 눈에서 두 줄기의 눈물이 파리한 볼따기를 타고 흘러내렸다.[66](밑줄—인용자)

근대과학의 소산인 지식과 기술에 의해 움직이는 가치중

립적 세계에 대한 지향은 또 다른 측면에서 이해될 수도 있다. 근대의 힘에 대한 확인이며, 이에 근거한 근대에 대한 예찬이 그것이다.

"대홍회사로서 만주 진출을 도모하시는 데 어떤 좋은 약속 같은 것이 되어지셨다는 소문이신데."

"소문이라면 그저 소문뿐이겠지오. 만주중공업이 작년에 자회사(子會社)에 불입한 총액이 삼억육천백육십사만 원입니다. 재작년도의 불입 총액 일억구백만 원에 비하면 약 세 배 반이 되지 않소. 그럴 판에 우리 따위가 무슨 소용이 있겠오. 지금 만업자회사의 공칭 자본총액이 팔억팔천오백만 원입니다. 그리구 이 대부분이 이미 전액 불입이 된 것들입니다. 소화제강(昭和製鋼), 만탄(滿炭), 경금속(輕金屬), 동화자동차(同和自動車) 같은 게 만업에 통제된 건 옛날이지만 그 후 만주광산(滿洲鑛山), 만주비행기(滿洲飛行機), 동변도개발(東邊道開發), 만주자동차(滿洲自動車), 협화광산(協和鑛山)의 신설, 어쨌든 만주산업 오개년 계획의 줄을 타고 뻗어나가는 세력인데, 우리 대홍 따위가 어느 틈에 가 배겨보겠오. 거 다 공연한 헛소문이지오."[67]

대홍콘체른의 사장인 이신국의 입을 통해 우리는 일본의

만주 진출이 어느 정도였는가를 엿볼 수 있다. 제강·탄광을 비롯한 광업·경금속·자동차·비행기산업 등 중공업 중심의 거대한 일본 자본이 무리지어 덮치듯 만주로 진군해갔던 것이다. 한갓 기술자로서 이 거대한 자본 진출의 통로인 철도 건설에 종사하고 있는 김광호는 그 철도 건설이 국제질서 속에서 어떤 의미를 갖는가를 애써 외면하면서 다만 근대과학기술의 놀라운 힘을 예찬한다. 그가 보낸 편지의 한 부분이다.

경히 씨. 언제도 말씀한 것처럼 우리는 기술이 하나 하나 자연을 정복해가는 그 과정에 홈빡 반하고 맙니다. 철도는 석탄의 운수를 위하여 필요합니다. 석유가 어디에 씨이는 것까지는 기술가는 묻지 않습니다. 그것이 어디에 씨이건 석탄을 가지고 석유를 만드는 것만은 새로운 하나의 기술의 획득이었고, 그것을 운반하는 데 철도로 하여금 충분히 그의 힘을 다하게 만드는 것만이 우리의 의무올시다.[68]

일본 자본의 만주 진출이 국제질서 속에서 어떤 의미를 갖는지에 대해서 눈 돌리고 그 "하나 하나 자연을 정복해가는" 힘에 매료된다는 것은, 겉으로 보아 근대과학기술의 힘에 대한 단순한 예찬인 것처럼 보인다. 그러나 그것은 그 같은 근대과학기술을 높은 수준에서 확보하고 있는 일본의 국력에 대한 예찬으로 곧장 옮겨갈 수 있는 성격의 것이다. 유진오의 「신경」(新京)을 통해 이 점을 좀더 자세히 검토해 보기로 한다.

유진오는 널리 알려진 「김강사와 T교수」(1935)에서 전향기 지식인의 고뇌를 깊이 다룬 바 있다. 여러 개의 갈등이 겹쳐 있지만 핵심은 김강사 내부의 갈등이다. 김강사와 T교수 사이의 갈등은 이를 매개하기 위해 설정된 부차적인 것이다. 김강사를 괴롭히는 내부의 갈등은 이념과 현실 사이의 불일치에서 생긴 것이다. 대학 시절 「문화비판회」를 통해 몰두하고 현실화하려 했던 이념을 실현할 수 있는 공간을 찾지 못하고 이제는 생활인이 되어야만 할 처지이니, 현실의 질서와 타협해야만 한다. 경멸했던 교수에게 취직 알선을 부탁하고 추천인을 찾아 스스로 용납하지 못하는 비굴한 처신도 감내해야 한다. 그런 그가 자괴감에 빠져들게 되는 것은 당연하다. "어떤 것이 정말 자기의 인격인지도 모르게" 되었기 때문이다. 요컨대 현실과 타협해야만 하는 처지에 봉착한 이념인의 내부갈등을 그린 작품이다.

전문 연구자들에게도 잘 알려져 있지 않은 「신경」은 「김강사와 T교수」에 이어져 있다. 이 작품이 발표된 1942년은 일본군이 파죽의 기세로 동남아를 휩쓸어나가던 때이다. 당연하게도 일본이 진다는 것은 생각하기 어려웠고 대부분의 조선 지식인들은 황도사상을 좇아 친일의 욕된 길로 나아가고 있었다. 유진오도 그중의 한 사람이다. 「신경」은 이 같은 시기를 힘겹게 살아가는 지식인의 복잡하고 미묘한 내면풍경을 담담한, 그래서 더욱 치밀할 수 있었던 문체에 담아내고 있는 작품이다.

작중의 정욱은 이효석이다. 그가 1942년에 뇌막염으로 평양에서 죽었다든가, 애인이 병석을 지켰다든가, 유진오가 죽기 직전의 이효석을 찾았다든가 등등은 모두가 실제 있었던 사실이다. 작품에 『풍경』으로 나오는 동인지는 1924년에 조직되었다가 3, 4년 후 학교측에 의해 해산된 경성제대의 문학동인 '문우회'가 펴낸 동인지 『문우』(文友)이고, 『풍경』에 실렸다는 정욱의 단편 「능금」은 이효석이 『문우』에 발표했다는 습작 단편이다(이는 유진오의 증언임. 『문우』 1, 2, 3권은 전해지지 않음). 주인공이 교수로 있는 학교는 유진오가 재직했던 보성전문이다. 이처럼 「신경」은 실제의 사실에 근거하고 있는 것인데, 이는 엄혹한 사상통제 때문에 이념의 개진이 거의 불가능한 상황에서 유진오가 창작방법으로 택했던 '시정(市井)의 리얼리즘', 곧 "섣불리 미숙한 철학을 내두르니보다는 편협한 시정의 사실 속으로 자신을 침체시키는 것"과 관련되어 있다.

함께 어려운 시대를 헤쳐온 동지이고 서로의 심금을 열 수 있는 벗이었던 정욱의 죽음과 그에 대한 회상이 중심 내용인데 그 속에 담긴 의미는 간단치 않다. 벗의 죽음이 가져온 슬픔과 가슴을 에는 상실감은 시대와 무관하게 누구나 갖는 감정이니 별다른 의미가 있을 수 없다. 그러나 주인공과 정욱과 함께 행복했던 젊은 날을 가꾸었던 여인 삼주를 만난 주인공의 "모든 것은 지나갔다. 지나간 것은 추억의 환영 속에 가만히 묻어둠이 또한 아름답지 아니한가"라고 독백할 때 그 속에는 자신의 현재에 대한 깊은 비애가 잠겨 있다. 이것이 이 작품의 참주제이다.

그 비애는 "자나깨나 두더지같이 인간사(人間事)에만 파묻혀" 때로는 비굴해져야 하고 때로는 불쾌도 참아 견뎌야 하는 처지에서 온다. 그러나 궁극 원인은 이보다 더 깊이 숨어 있다. 만주사변 전만 하더라도 중국과 러시아·일본이 각축하던 신경이 불과 십여 년 만에 완전히 일본의 지배하에 들어 근대적인 대도시로 돌변한 데서 확연하듯, 일본의 국력은 온 천하를 뒤덮고 있다. 조선의 유수한 전문학교 교수를 만주에 진출한 일본인 회사의 사장이 거지 대하듯 냉대하는 것도 이 같은 사정의 반영이다. 식민지 조선의 지식인은 이 같은 현실 앞에서 "변화의 심함을 뼈에 사모쳐 느끼"는데,

그 사무침은 곧 그가 맞닥뜨린 절망의 깊이이다. 이 막막한 절망감이 "현실을 현실 그대로 보고, 그것을 우선 그대로 받아들이는 것",[69] 즉 '사실수리'의 태도를 낳는 것이다.

그 현실은 유진오가 「창랑정기」에서 '굳센 현실'이라 했던 것이다. "추억의 나라 구름과 연기에 쌓인 꿈의 저편에만 있을 수 있는 존재"[70]인 옛 창랑정의 현실과 대비되는 그 굳센 현실을 유진오는 "단숨에 대륙의 하늘을 무찌르려는 전금속제 최신식 여객기"의 이미지로 제시하였다.

문득 강 건너 모래밭에서 요란한 프로펠러 소리가 들린다. 건너다 보니 까맣게 먼 저편에 단엽쌍발동기 최신식 여객기가 지금 하늘로 날라 오르려고 여의도 비행장을 활주중이다. 보고 있는 동안에 여객기는 땅을 떠나 오십 미터 백 미터 이백 미터 오백 미터 천 미터 처참한 폭음을 내며 떠올라갔다. 강을 넘고 산을 넘고 국경을 넘어 단숨에 대륙의 하늘을 무찌르려는 전금속제(全金屬製) 최신식 여객기다.[71]

그 전금속제 최신식 여객기는 이제 조선의 현실을 철두철미 지배하게 된 근대성과, 세계제패를 겨누고 대륙을 넘어 나아가려는 일본제국주의의 침략성을 표상하는 이데올로기적 기호이다. 그 같은 근대성과 침략성의 지배 아래 옛 창랑정의 기억은 '나른한 추억'일 뿐, 현실과 맞설 수 있는 힘을 잃고 무력하다. 놀랄 정도로 번성한 신경의 웅자 또한 '전금속제 최신식 여객기'와 동질적인 이데올로기적 기호이다. 근대의 기획과 세계제패의 꿈이 정당하다는 믿음을 담고 내달리며 그것들이 지배하는 현실 질서를 구축하고 있는, 그리하여 구성원들의 의식과 삶의 방식까지 새롭게 바꾸고 있는 강력한 이데올로기적 기호인 것이다.

「신경」의 주인공은 그 이데올로기적 기호 뒤에 도사린 근대성과 일본제국주의의 침략성이 지닌 가공할 힘을 간파하고 그 앞에 무력한 자신을 확인한다. "문화니 조직이니 지성이니 비판이니 하는 것을 떠나 자연과 그냥 함께 될 수 있는 순간. 무수한 그런 순간을 가졌"[72]기에 행복한 사람이었다고 죽은 정욱을 부러워하는 것은 이 때문이다. 이렇게 살피면 「신경」은 조선을 넘어 욱일승천의 기세로 뻗어나고 있던 근대성의 힘, 제국주의 침략성의 폭력 앞에 무력한 자신에 대한 확인을 주제로 삼고 있는 작품이라 할 수 있다.

근대과학의 산물인 지식과 기술에 대한 김광호의 믿음은 혁명적 사상운동의 설자리가 없어진 시대의 탈출 방식이고, 다른 한편으로는 근대과학기술의 힘에 대한 예찬이란 이중의 의미를 갖는다. 겉으로 보아, 두 의미 사이에는 아무런 관련이 없는 것 같지만 그렇게 단순하지 않다. 그것들이 놓인 사회·역사적 맥락이 생산하는 새로운 의미 때문인데, 이를 전제할 때 근대과학의 산물인 지식과 기술에 대한 김광호의 믿음은 혁명적 사상을 견지하려는 의지와 그것을 부정하고 지배질서의 안쪽으로 스스로 포섭되고자 하는 이끌림 사이에 놓여 흔들리고 있는 김남천의 찢긴 내면을 드러내는 매개물이라 할 수 있다. 김광호는 자신의 사상과 맞지 않는 사회 속으로 순치되는 길을 거부하고 차라리 생명의 낭비자로 무너지고 싶은 '파멸의 의지'와, 근대과학이 생산한 지식과 기술의 힘으로 움직이는 지배질서를 따르고 싶은 또 다른 '파멸의 충동' 속에서 흔들렸던 1940년 언저리의 많은 김남천들을 대변하는 전형적 인물인 것이다.

해방의 격류 속에서

해방과 자기비판의 과제

그리고 해방이 왔다. 김남천의 나이 서른다섯 살, 중년으로 접어드는 길목에서 만난 이 엄청난 역사적 사건은 다시 그를 혁명의 열정에 불타는 전사로 일어서게 하였다. 임화와 나란히 '조선문학건설본부'의 조직과 나아가 '조선문학가동맹'의 결성을 앞서 이끌었다. 1930년대 초 본격적으로 정치운동에 뛰어들 때부터 조직을 강조했던 김남천다운 행보이다. 그때도 그랬던 것처럼 이 시기 김남천의 조직 강조는 기회주의자들에 대한 격렬한 비판과 맞붙어 있었다.

정계 밖에서 바라보면 중간파라 하여 기변(機變) 노선 위에서 춤추는 기회주의자에 세 가지 류(類)가 있는 듯하다. 첫째 매신형(賣身型)이요 둘째는 어용좌익형(御用左翼

型)이요 셋째는 수주대토형(守株待兎型)이다. 기회주의에 본시 이념이 있을 리 없고 원칙이 있을 리 없으나 정치적 포즈만은 취하려고 애쓰는 것이니 그것을 갈라서 세 개로 나누어보는 것이다. 그러면 무엇이 기회주의자들의 포즈에 발판이 되어 있는 것일까. 활기를 띠고 미친놈처럼 동부서주하는 데는 자기간에 무슨 까닭이 있어야 하는 것이 아닐까.

(……)

이상 세 가지 태(態)를 단적(端的)으로 표현하면 일은 기회 있을 때마다 몸을 파는 자이오 이는 반동을 위하여 민주진영을 파는 자이오 삼은 올라앉을 의자를 위하여 가장 큰 기회를 노리는 자이다. 물론 이러한 뉘앙스에도 불구하고 각양(各樣)의 포즈를 취하여 결국은 반동의 이익(利益)에 봉사하는 기변 노선의 일 부면(部面) 현상을 벗어나지 못하는 것임은 결론으로 말할 수가 있다.[73]

김남천의 기회주의 비판이 분리/배제를 통한 조직의 강화를 노리는 전략적 차원의 행위로만 이해되어서는 안 된다. 그것이 삶과 사상의 연속성 견지를 중요한 덕목으로 생각했던 김남천의 세계관과 관련되어 있다는 사실을 지나쳐서는 곤란한 것이다. 미완의 장편 『1945년 8·15』에서 주된 비판의 대상으로 설정된 인물들은 이 같은 기회주의자들인데, 이 또한 김남천의 이 같은 세계관의 드러냄이라 보아야 한다.

"나는 그 봉투를 받아들었다."

"남의 호의는 호의루서 대허는 게 온당하다구 나는 생각한 거다. 그래 나는 봉투를 쥐구서 우선 최선생께 감사허다는 사의를 표했다. 그리구 여러분께 하나 하나 인사를 여쭙치 못하나 고맙다는 말씀이나 전해달라고 당부했다. 그러구 나서 나는 그 봉투를 다시 무릎 밑에다 놓았다. 금품을 받고 안 받는 것은 내가 결정헐 일이 못됩니다, 여러분들 말씀이 어차피 바깥 어룬이 수히 돌아오신다니 그 분에게 손수 드려야 온당할 것이오, 받고 안 받는 것도 그 분자신이 결정하는 것이 일의 순리가 아니겠는가, 내가 현처가 되지 못해 나라 일에 골몰허신 분을 정신상으루 받들지 못한 것이 부끄럽고 질책거리가 되겠는데 이 우에 그 분 땜에 막대한 금품을 내 자신의 손으루 받을 체면이 어데 있겠느냐구 나는 설명헌 거다. (……) 그러니 그 금품일랑 나보다 건강치 못하고 장성한 자식들도 없이 더 가난한 이, 병들어 말이 아닌 집안, 헐벗고 굶주린 많은 동지들의 유족에 나누어 주시던가, 또 그러한 처분을 불응허신다면 차후에 적당한 곳에 처치하시도록 최선생께서 맡어 두시는 게 좋겠다고 나는 그 금품을 굳이 사양하고 자리에서 일어났다. 마침 부인이랑 딴 분들이 방안에 들어와서 최선생도 봉투를 들고 옥신각신 그럴 수는 없는 처지라 언제 조용히 다시 뵙자구 서로 약속하고 나는 최선생 댁을 나온 거다."

이야기를 듣고 나서 문경은 비로소 포 한숨을 짓고 웃어 보였다.

(……)

어머니의 말이 끝나는 것을 기다리듯 문경은 이내 제 방으로 돌아왔다. 방글방글 웃어는 보였으나 그 웃음 속으로 복받쳐 올라오는 감격과 눈물을 참아댈 수가 없는 것이다.

(어머니! 얼마나 당당하고 의연(毅然)한 어머니냐!)

이십여 년 동안 홀몸으로 어린 자식들을 뒤짊어지고 문경의 취직과 동시에 직업을 놓기까지 손수 병원에 나서서 갖은 유혹과 고난 속에서 생활의 방도를 개척하고 터전을 닦은 굳건한 의지와 생활력이 터득한 자존심과 판단력만이 이러한 당당한 태도를 취할 수 있게 만드는 것이라고 문경은 생각한다.

(아버지도 훌륭한 분이심에 틀림없다. 그러나 어머니는 그에 못지 않게 더욱 훌륭한 분이시다!)

깊은 감사와 누를 수 없는 감동에 젖어서 책상 앞에 앉아 흘러 솟는 눈물을 누를 길이 없는 것이다.

한참 울고 났다. 가슴속이 거뜬하다. 그러나 속이 후련
해지고 마음이 가뜬해지면 최진성 씨에 대한 분격한 마음
이 그의 머리를 괴롭히었다.[74]

주인공 박문경의 아버지 박일산은 3·1운동에 적극적으로
가담했다가 옥살이를 겪은 뒤 독립운동의 일로를 걸어온 사
람이다. 옥에서 나온 뒤 폭탄테러사건에 관계했다가 망명,
해방이 됐음에도 아직 소식이 없다. 박일산과 한때의 동지로
옥살이를 함께 겪었던 최진국은 누만금의 재산을 지녔음에
도 불구하고 옛 동지의 가족들을 멀리하였으며, 심지어는 그
들의 도움 요청을 차갑게 물리치기도 했던 사람이다. 그는
일제 말기 지배질서를 좇아 사는 전향자의 길을 걸었던 것이
다. 그런 그가 해방이 되자 돌변하여 정치운동에 떨치고 나
서서는 망명 독립운동자들의 가족을 돕는 일에 앞장을 섰다.
이른바 '해외독립지사 가족 지원금'이란 이름의 돈을 내놓은
것이다. 위 인용은 그런 최진국의 앞에서 박문경의 어머니가
자신이 왜 돈을 받을 수 없는가를 말하는 부분과, 어머니의
이야기를 듣고 그런 어머니를 자랑스러워하는 한편 그런 최
진국에 대한 '분격한 마음'을 다스리지 못해 괴로워하는 박
문경의 심리를 보여주는 부분으로 구성되어 있다. 요점은 최

진국으로 대변되는 기회주의자들에 대한 근본부정의 정신이다. 삶과 사상의 연속성을 중요한 덕목으로 인식했던 김남천은 그렇지 않은 기회주의자들을 근본적으로 용납할 수 없었던 것이다.

위 인용에서 또 하나 주목되는 것은 어머니의 삶에 대한 주인공의 평가이다. "이십여 년 동안 홀몸으로 어린 자식들을 뒤짊어지고 문경의 취직과 동시에 직업을 놓기까지 손수 병원에 나서서 갖은 유혹과 고난 속에서 생활의 방도를 개척하고 터전을 닦은 굳건한 의지와 생활력이 터득한 자존심과 판단력만이 이러한 당당한 태도를 취할 수 있게 만드는 것"이라 하여 '굳건한 의지와 생활력이 터득한 자존심과 판단력'을 강조하고 있는데, 김남천의 소설 곳곳에서 만날 수 있는 대표적인 여성상의 핵심 성격을 요약해놓은 것이라 할 수 있다.[75]

혁명적 로맨티시즘

해방공간의 문학을 지배한 것은 선/악, 청/탁, 진보/보수, 노동자 · 농민/지식인 · 부르주아지 등의 대척적인 두 대립항이 구성하는 철저한 이분법이다. 이 같은 이분법이 객관 현실에 대한 구체적 탐구를 가로막는 요인으로 작용함은 새삼 다시 말할 필요도 없다. 이로 인해 이 시기 소설에서 이들 부정적인 것(악·탁·불순)에 대한 깊이 있는 추구를 찾아보기 어렵다. 우리 문학사에서, 악한과 사악한 열정에 사로잡힌 편집광을 주목하고 이를 본격적인 소설론 속으로 끌어들인 비평가는 김남천이다. 대동아전쟁을 목전에 두고 대다수의 지식인이 사실수리설과 대동아공영권의 논리에 휘말려 황도정신 추종, 파시즘 찬양의 길로 내달려가던 때 김남천은 발자크를 통해 새로운 출구를 찾고자 했다. 네 번에 걸쳐『인문평론』지에 연재된 장편 평론「발자크 연구 노트」가 그 노력의 결실인데 요점은 '주관주의적 경향성'의 배격, 그리고 '몰아성'(沒我性)과 객관성의 '보지'(保持)이다.

(……) 인생사회와의 근사를 장편소설의 문학적 사명으로 한다면, 거대한 사회가 포함하는 모든 인물과 성격을 창조하기 위하여는, 구체적으로 리얼리스트는 '몰아성과 객관성의 보지'가 절대적으로 필요하다는 것을 확증해보자는 것이 전회에서 고찰한 문제의 요체였다.

이렇게 보아온다면 작년도(1939년―인용자) 산문문학의 총편에 있어서, 최근 일부 비평가들이 주장하는 '주인공―성격―사상'의 전혀 편파한 주관주의적 공식을 배격하고(이것은 전술한 쉴러적 방법이며, 동시에 자아과시의 태도이다) 이것에 대하여 문학에 있어서의 사상성의 진수를 오히려 객관적 사실적 방법에 두고, 구체적으로 현 순간의 우리의 문학의 상태에 있어서는 '세태―사실―생활'의 표현이 오히려 가당하리라고 말한 나의 의견의 타당성뿐만이 아니라 일찍이 재작년 나의 최초의 장편소설 개조론에서 지적해 두었던바, 사상가를 주인공으로 하여야만 사상이 있는 문학이라고 보는 가소로운 원시적 사상주의의 비판에 나타난 나의 성격 창조의 주장도, 또한 여기에 이르러 일층 명확성을 띠게 되는 것이라고 믿어지는 바이다. 요컨대 천박한 주관주의적 경향성은 진정한 사상의 극도로 기피하는 바이다.[76]

임화는 그의 「세태소설론」에서 당시 소설이 '말하려는 것'의 분열로 인해 세태와 내성의 두 경향으로 양분된다고 진단하고 이들 두 경향의 공통점으로 '사상성의 부족'을 지적했다. '말하려는 것'과 '그리려는 것'의 분열이란, "작가가 주장하려는 바를 표현하려면 묘사되는 세계의 생각이 그것과 일치할 수 없는 상태"[77]를 뜻하는데, 예컨대 그것은 "이상과 현실이 너무나 큰 거리로 떨어져 있는 현실 자체의 분열상의 반영"[78]이다. 그 거리를 극복하여 '성격과 환경'의 조화를 획득하려는 노력을 포기했을 때, 내성과 세태의 분열이란 우려할 현상이 나타나고, 필연적으로 사상성의 감퇴라는 결과를 가져온다는 주장이다. 임화의 견해는 설득력이 있다. 이 분열된 상태를 넘어 본격소설의 완성을 향해 나아가야 한다면 어떻게 해야 하는가.

오늘날 우리의 문학이 두려운 사실을 어찌할 수 없어서 현실 표면의 세태와 풍속의 묘사에 그치거나, 헤어날 길 없는 내성 속을 방황함에 머무르고 있는 근간(根幹)인 문화의 정신을 사실의 승인과 바꾸자는 것이 아니라, 우리의 정신활동의 방향을 일체로 사실 가운데로 돌려 그 사실의 탐색 가운데서 진실한 문화의 정신을 발견하자는 것을 의미한다.[79]

사실의 승인이 아니라 사실의 탐색이어야 한다는 주장인데 여기에는 사실수리설이 대세를 이루려 하던 상황에서 비롯된 위기감이 짙게 깔려 있다. 그러나 대안의 제시라 하기 어려운, 당위론의 되뇜일 뿐임도 엄연한 사실이다. 작가의 사상을 실어낼 적극적 주인공의 성격 형상화가 불가능한 마당임에 이것만으로는 세태와 내성의 분열을 극복하는 것이 곤란했던 것이다.

김남천도 마찬가지 어려움에 봉착했다. 적극적 주인공의 성격 창조는 가능하지 않다. 그렇다고 세태나 내성으로 기울어 본격소설의 지향을 포기할 수는 없다. 그렇다면 어떻게 해야만 하는가. 김남천의 타개책 모색은 먼저 그 이전 소설의 비판적 진단에서 시작된다. 사상가를 주인공으로 삼아야만 사상이 있는 작품이라는 원시사상주의가 팽배했다는 것, 이로 인해 심각한 현실왜곡이 초래되고 주관적 이상화의 나락으로 전락하고 말았다는 것. 정당한 주장이다. 그러므로 중요한 것은 주인공의 입을 통해 사상을 전성하는 것이 아니라, 객관 현실의 일상적 세태를 묘사함으로써 사상을 표출하는 일이다. '몰아성·객관성'에 대한 김남천의 강조는 그러므로, 세계관의 전면 배제가 아니라 성격창조에 있어서의 경직성에 대한 경계이다. 그러나 일상적 세태를 단순히 묘사하는 데 그친다면 파편들의 무체계적인 나열인 자연주의적 쇄말주의를 벗어날 수 없다. 전형적 상황 속 전형적 인물의 창조가 필수적인데 그것은 다음처럼 규정되는 '풍속'의 차원에서 이루어져야만 한다는 것이 김남천의 주장이다.

풍속이란 사회적 습관과 밀접한 관계를 갖고 있다. 그리고 사회적 습관, 습속은 사회의 생산기구에 기(基)한 인간생활의 각종의 양식에 의하여 종국적으로 결정을 본다. 이리하여 이것은 일방으로 '제도'를 말하는 동시에 타방으론 '제도의 습득감(習得感)'을 의미한다. 풍속, 습속은 생산

양식의 관계에까지 현현되는 일종의 제도(예컨대 가족제
도)를 말하는 동시에 다시 그 제도 내에서 배양된 인간의
의식인 제도의 습득감(예컨대 가족적 감정, 가족적 윤리의
식)까지를 지칭한다.[80)

생산양식과의 관련성 속에서 파악되어야 하는 제도와 제
도의 습득감이 풍속이라는 것이다. 이런 차원에서 전형적 상
황 속 전형적 인물들을 묘파할 수 있다면, 김남천이 꿈꾸었
던 대로 현실왜곡 없이 "거대한 인간사회의 역사적 축도"[81)
를 구축할 수 있을 것이고 이를 통해 작가의 사상을 드러낼
수 있을 것이다. 그러나 김남천을 비롯한 당대 작가 어느 누
구도 이 과제를 제대로 수행할 수 없었다. 대동아전쟁을 향
해 소용돌이치고 있는 현실의 동적 전체성을 파지하기란 불
가능했기 때문이다.

그러므로 출구는 두 가지이다. 하나는 과거로 거슬러오르
기. 김남천의 가족사연대기 소설론이 이에 제시되었고, 장편
『대하』가 생산되었다. 개화기를 무대로 해서는 현실왜곡 없
이 적극적인 주인공의 형상화가 가능하다. 새로운 길을 달려
솟구쳐 오르는 그런 적극적 인물들이 현실적으로 존재했기
때문에 그들의 삶과 사상의 묘파는 현실을 무시하고 이루어
지는 사상의 전성이 아니다. 전자본주의적 상업경제의 질서

와 봉건적 가족제도에서 소외된 주인공 박형걸이 그에 맞서 힘차게 나아가는 여정의 초입 부분을 그린 『대하』가 불충분하나마 김남천의 욕구를 채워주었다.

다른 하나의 출구가 바로 편집광·악당이다. 예컨대 발자크는 장편 『외제니 그랑데』에서 주인공 외제니 그랑데의 아버지 패릭스 그랑데를 '인색 그 자체'[82]로 그려내어 "자본주의 사회의 화폐의 위력과 그 법칙을 폭로"[83] 하는 데 성공하였다. 긍정적 인물의 창조가 불가능한 상황을 역으로, 현실의 부정성을 한 몸에 체현하고 있는 부정적 성격을 통해 드러내고자 하는 이 같은 방법론은 이 시기 한 가지 유력한 대안일 수 있었다.

그러나 여기서 주목하는 것은 이것이 아니다. 김남천의 '편집광·악당'론이, 문학사적으로 보면, 당대 문학에 팽배했던 인물의 주관주의적 이상화 경향을 날카롭게 비판하고, 그럼으로써 소설에 대한 인식영역을 확장하는 데 크게 이바지했다는 것이 중요하다. 앞에서 살핀 대로 김남천의 '몰아성·객관성' 강조는 세계관의 완전 배제가 아니라, 주관주의적 이상화 경향에 대한 준엄한 경고였다. 그 경고는 두 가지 차원의 의미를 담고 있다. 하나는 긍정적 주인공의 창조와 부각에만 집중할 것이 아니라 현실의 부정적 측면에 대한 탐구와 그것의 형상화에도 관심을 기울여야 한다는 당연한 진실을 일깨웠다는 것이고, 다른 하나는 선행관념을 척도삼아 현실을 왜곡하거나 과장해서는 안 된다는 사실을 명백하게 했다는 점이다.

김남천이 고투하여 연 이 같은 인식은 그러나 해방공간에서는 압살당했다.[84] 작가의 주관적 이념이 전면 개입, 압도적으로 군림하게 될 때 등장인물은 작가와 공통된 가치를 추구해 함께 나아가는, 말하자면 작가가 그대로 투사된 작가의 분신이거나 아니면 작가의 이념에 적대적인 타도와 극복의 대상으로 나타난다. 이 경우 공격기사·탄핵연설·찬사·매도·자기고백[85] 등에 가까운 것으로 되고 말 것인데, 등장인물의 내적인 삶의 능동성이 압살됨으로써 등장인물의 절대적 영웅화, 또는 악한화가 초래된다. 주인공의 절대적 영웅화 또는 악한화는 작가의 세계인식과 이념을 보다 뚜렷이 드러내 전달하는 데는 대단히 효과적이다. 그러나 이럴 때 사회·역사적 제반 관계의 그물 속에 복잡하게 얽혀 존재하는 인물의 복합적 정체를 온전하게 포착해내기란 곤란하다. 작가의 압도적 개입은 필연적으로 한 인물의 현실 내 객관적 존재 양상을 선험적으로 재단, 도식화하기 때문이다.

자기비판의 힘겨운 과제에서 벗어나려는 욕망과 황홀한 미래전망의 인력에 이끌려 추상적 무시간성의 세계에 안주했을 때, 지금까지 살펴온바 현실왜곡과 과장을 비롯한 여러 문제점들이 생겨났다. 당대인들도 이런 점을 불분명하게나마 인식하고 있었던 것으로 보이는데, 당시 조선문학가동맹을 실질적으로 이끌던 김남천의 글에서도 찾아볼 수 있다. 그는 10월 인민항쟁을 격발시킨 원인과, 그 정치적·역사적 의의를 정리하고, "특히 이상의 제점(諸點)을 인민항쟁이 남긴 교훈과 그의 비판과 아울러 창조적 작업에 착수하는 작가가 반드시 알아두어야 할 핵심이 된다"라 하여, 이 시기 인민항쟁을 다룬 작품들의 현실왜곡과 과장을 우회적으로 비판했다.

그러나 1946년 9월 24일에 시작된 4만여 철도노동자들의 총파업을 시발점으로 한 9월 총파업의 불길이 번져나가 전국적인 인민항쟁으로 확대된 혼란 속에서 그것의 객관적 실체를 이처럼 넓은 안목에서 바라보고 소설화한다는 것은, 소설 장르 자체의 제약성, 객관적 거리 확보의 곤란함, 작가의 역량 미숙,[86] 그리고 무엇보다도 이 시기를 지배한 낭만적 열정의 과잉 등의 이유 때문에 대단히 어려웠다.

이 시기 문학과 문학운동을 주도했던 좌익측이 공식적으로 채택했던 창작방법론인 "혁명적 로맨티시즘을 계기로 내포한 진보적 리얼리즘"이 해방공간을 지배한 낭만적 열정의 작용력이 어떠했는가를 단적으로 보여준다. 조선공산당 중앙위원회 명의로 발표된 「조선 민족문화 건설의 노선」(잠정

안) 제9항[87])을 통해 공식 제시되고 '조선문학건설본부'와 '조선프롤레타리아예술동맹'의 통합대회인 '제1회 전국문학자대회'(1946. 2. 8~9)에서 김남천이 주제 발표한 논문 「새로운 창작방법에 관하여」를 통해 그 명료한 개념 규정을 얻은 이 독특한 창작방법의 내용은 어떠한가. 김남천에 의하면 아이디얼리즘과 리얼리즘으로 대별할 수 있는 창작방법 중 전자는 "주관적 관념을 주로 해서 객관적 현실을 이에 종속시키는 것"이어서 잘못된 세계관에 의한 현실왜곡을 극복할 수 없으나, 대상을 "대상 그 자체의 통일에 의하여 포착하려는" 후자는 그 같은 위험을 극복할 수 있기에 보다 우위에 서는 창작방법이라는 것, 그런데 현 단계는 진보적 민주주의 혁명의 단계이며 문학 또한 이에 전심전력으로 복무해야만 하는바, 따라서 요청되는 창작방법은 "진보적 민주주의 건립을 역사적 임무로 하는 시대의 유물변증법과 맞붙은 리얼리즘", 곧 진보적 리얼리즘이어야 한다는 것, 그리고 다음과 같은 이유로 그것은 또한 혁명적 로맨티시즘을 그 내적 계기로 삼아야 한다는 것이다.

도대체 로맨티시즘의 주류가 되는 것은 현실에 만족치 않고 명일과 미래에로의 부단한 전진 다시 말하면 현실적인 몽상 미래를 위한 의지 가능을 향한 치열한 꿈 등인 것인데 일본제국주의에 의하여 해방은 되었으나 국수주의와 봉건적 잔재와 일본제국주의적 과제의 해결을 볼 수 있는 현재의 민족적 과제야말로 이것을 위하여 싸우는 민족의 거대한 꿈과 영웅적인 정신과 함께 정히 민족의 위대한 로맨티시즘이 아닐 수 없기 때문이다.[88]

요컨대 리얼리즘과 로맨티시즘의 결합으로서의 창작방법론이다. 현실을 깊이 있게 투시함으로써 미래를 열고자 하는 것이 리얼리즘이라면 그 자체에는 이미 로맨티시즘이 내장되어 있다. 그러나 리얼리즘을 거론하며 로맨티시즘을 덧붙일 때 그것은 리얼리즘에 대한 이 같은 일반적 이해를 넘어선다. 더욱이 '혁명적'이란 관형어를 동반함으로써 그것은 현저히 현실초월적이고자 하는 낭만적 열정을 노골적으로 드러낸 것이다. 혁명적 로맨티시즘을 계기로 하는 진보적 리얼리즘이란 그러므로 위태롭다. 현실초월의 낭만적 열정에 의해 리얼리즘이 압도당하고 위축당할 가능성을 크게 지니고 있으며, 또 한편으로는 객관 현실의 준엄함에 의해 낭만적 열정이 일순간 무화되고 말 위험성조차 내포하고 있는 것이다. 작가로서, 비평가로서 30년 이래의 문학사 전개에 주도적으로 참가, 단련된 김남천이었기에 '몽상'·'꿈' 등의 현실초월적 어사 위에 '현실'·'가능'·'치열' 등의 유보적 어사를 덧붙여 구체적 현실에서 일탈하기 쉬운 낭만적 열정을 조심스럽게나마 견제할 수 있었지만, 해방공간의 문학을 전체적으로 조감해보면 리얼리즘의 성취는 크게 돋보이지 않는다. 낭만적 열정이 리얼리즘 정신을 크게 제약했던 것이다.

더욱이 전시로부터 해방으로라는 급격한 상황변화는 생존에 급급하느라 진정한 문학의 길을 벗어났던 대부분의 문인들을 격심하게 동요시켰다. 한 좌담회에서 30년대 소설계를 대표하는 이기영·한설야·김남천 등이 입을 모아 "쓸 것이 많은 것 같으나 포착할 수 없"[89]는 고민을 고백하고 있다. 문학세계는 완전히 열렸으나 큰 것은 큰 것대로 쓸 수 없고 그렇다고 무게 없는 풍자적 소품을 손댈 수도 없는, 작가로서는 가장 우려할 문제에 봉착했다는 것이다. 임화는 혼란한 현실을 통찰할 힘의 부족을 그 원인으로 들고 있는데 그것은 궁극적으로는 '작가의 정신적 준비'의 불충분에서 비롯된 것이다.

　머리 속에 현실을 포착할 힘이 없습니다. 현실은 혼란합니다. 그러나 지금의 현실만을 쓰는 것이 현실의 문학이라고는 말할 수 없다고 생각합니다. 헌데 근자에는 해방 이후 것만을 쓰려고 하는 경향이 보이는 것 같더구만요. 그 이전의 것을 쓰는 것도 좋다고 생각합니다.

결국 작품을 쓰고 못 쓰는 것은 소재의 문제라고 생각합니다. 또 작가의 정신적 준비 문제입니다.

(……)

해방 뒤의 시에 낙망했다는 것은 시 가운데 새 현실을 맞이하는 정신적 준비가 없었기 때문입니다. 해방이란 역사상의 題目입니다. 우리는 그 제목 뿐 아니라 그 전체를 노래하여야 합니다.

특히 오래동안 일본 제국주의의 ○○한 ○○밑에 압○돼 있는 마음이 해방된 오늘 마음껏 노래할 준비가 적었다는 것입니다.[90]

자료의 훼손 때문에 판독할 수 없는 부분이 있고, 좌담회 발언이라 정연하지 못하기도 하여 다소 불투명하지만 말하고자 한 요점은 파악 가능하다. 첫째, 격동하는 해방 후 현실을 파악함에 있어 해방 전후를 갈라 해방 후만을 대상으로 삼는 것은 곤란하다는 것. 해방은 갑자기, 마치 도적처럼 찾아왔지만 그렇다고 해서 해방 전후의 한국 현실의 근본토대가 완전히 달라진 것은 아니다. 해방공간의 문학을 조감하면 해방 전후를 연속된 유기적 전체로 인식하는 경향이 거의 없다는 사실을 대번에 알 수 있는데, 임화의 지적대로 "해방 이후 것만을 쓰려는 경향"이 지배적이었던 것이다.

둘째, 해방·자유 등 추상적인 관념의 마력에 휩쓸려 흥분하지 말 것. 역사적 제목인 해방을 노래함에 그 제목뿐 아니라 전체가 문제되어야 한다는 주장이 담고 있는 내용은 이것이다. 추상적 관념은 그것으로 드러내고자 하는 대상을 축약적으로 규정한 것이어서, 대상의 복잡함에 비해 상대적으로 간결·명료하고, 그런 만큼 대단히 강렬하다. 이 같은 간결성·명료성·강렬성이 내뿜는 마력이 있어 대상 자체를 향한 탐구의 시선을 차단하고 추상적 관념에 폐쇄되도록 강제한다. 대상을 보다 효과적으로 인식하고 설명하기 위해 동원된 관념이 대상의 실재로부터 오히려 멀어지게끔 이끄는 것인데, 그 대상이 동적으로 변화하는 복잡하고 거대한 사회현실일 경우 문제가 심각해질 수밖에 없음은 당연하다. 해방·자유 등, 황홀한 추상적 관념의 자장에 휩쓸려 변화하는 전체를 보지 못하는 것에 대한 임화의 지적은 해방공간 문학의 핵심 성격을 문제 삼는 날카로움을 지닌 것이다.

셋째, 이 같은 문제점들이 궁극적으로는 작가들의 정신적 준비의 불충분에 말미암는다는 것. 중일전쟁·대동아전쟁으로 이어지는 일제 말기 미망의 세월을 대부분의 작가들은 극도로 위축된 채, 단지 살아 견뎠을 뿐이다. 국외로 탈출하여 항일무장투쟁에 나아가거나 붓을 꺾고 칩거한 극소수를 제외하고는 생활을 위해 현실과 타협했다. 혹은 친일의 욕된 길로 나아갔다. 그렇지 않은 경우에는 평범한 생활인, 가장으로 주저앉아 진정한 문인이라면 끝끝내 견지해야 할 치열한 탐구의 길을 벗어났다. 그러나 그 같은 생활은 패배의 '통한'과 자포자기적 '자조'란 치명적인 독소를 품어 기르는 것이었으니, 작가로서의 탐구정신이 설자리가 더욱 있을 수 없었다. 참된 탐구의 길에서 오랫동안 벗어나 있었으니 격동의 해방공간을 그 이전의 연속으로 파악할 수 있는 능력과 냉정함을 지니지 못하고 추상적 관념의 인력에 휘둘리게 된 것은 당연하다.

  갈수록 상황은 더욱 악화되고 문학에 대한 정치의 우위성은 점점 더 커져간다. 1947년 2월 13일에 열린 '문화옹호 남조선 문화·예술가 총궐기대회' 강연에서 김남천은 "남조선의 반인민적 정권이 문화·예술·교육의 민주주의적 건설에 있어 가장 기본적 조건이 되는 언론·출판·결사·집회의 모든 보장을 박탈", "우리가 얻었던 자유는 다시금 예속과 노예화의 자유로 화하"고 있으며, 그리하여 "야만적인 문화의 위기"가 닥쳐와 "암흑이냐 광명이냐"는 "중대한 기로"에 봉착했음을 호소하고 있다.[91] 5·10단선을 목전에 둔 시점, 급기야는 "조국과 인민의 운명은 실로 안위(安危)의 기로(岐路)"에 서 있음을 강조하며, 이러한 때 문학(구국문학)의 정신적 요소는 "일언이폐지로 그것은 단정 분쇄"임을 주장하는 안타까운 지경에까지 이르고 만다. 이 지점에 다다르면 모든 논의가 명언적 당위론의 모습을 띠게 되니 산문정신의 존립이 거의 불가능했다. 대상의 세부를 파고드는 탐구의 정신과, 대상에 대한 개념적 파악을 끊임없이 회의하는 반성의 정신으로 이루어지는 산문정신이 설자리를 잃을 때 문학은 뼈라나 구호의 차원을 향해 수축될 것인데, 해방공간의 소설이 이 단계까지 나아가지는 않았지만, 그 같은 경향은 뚜렷했던 것이다. 이 시기 소설들이 한결같이 빠져들었던 여러 문제점들에서 비교적 자유로웠던 것은 단소한 최소한의 형식의 작품들이었다는 사실이 이를 증거한다.

혁명적 정신의 개화

이처럼 '단소한 최소한의 형식'만이 가능했던 시대에도 김남천은 장편 창작에 매달렸고, 『1945년 8·15』, 『시월』 등, 비록 미완에 그쳤지만 격동하는 시대를 동적·전체성적으로 담아내려 노력하였다.

『1945년 8·15』는 앞에서 조금 살핀 대로 해방 후 들끓었던 기회주의자들의 본질을 폭로하는 날카로운 언어를 앞세우고, 해방 직후의 조선 현실을 폭넓게 그리고자 한 작품이다. 『사랑의 수족관』, 『낭비』 등 해방 직전의 작품들에 등장했던 인물들을 뒷전으로 밀어내며 새로운 시대의 주역으로 떠오른 새로운 인물들의 약동하는 정신과 실천적 삶을 중심에 놓았다. 예컨대 전향의 시대를 돌파하는 방식의 하나로 해석될 수도 있고 근대성의 세계에 대한 예찬으로도 해석될 수 있는 '근대과학기술에 대한 믿음'의 표상기호로 설정되었던 『사랑의 수족관』의 주인공인 김광호는, 이제 새로운 시대를 맞아 한갓 부르주아 집안의 집사 격 사위로 밀려난 인물로 이 작품에 그려지고 있다.

김광호를 대신하여 중심으로 진입해 들어온 인물들은 해방 이전부터 계속된 고투의 과정을 통해 혁명적 정치성의 이념으로 무장하고 새로운 시대의 중심을 정면으로 뚫고 나아가려는 굳은 의지와 순결한 헌신의 정신을 지닌 젊은이들이다. 그 젊은이들의 중심은 박문경의 애인인 김지원이다. 학병반대투쟁으로 감옥에 갇혔다가 해방을 맞아 풀려난 그는 병상에 누워 '무엇을 할 것인가'라는 문제를 놓고 오랜 고민의 과정을 거치는데, 이 점 의미심장하다. 그는 광복의 빛살에 눈멀어 충동적 감정의 격류에 휩쓸렸던 당대 조선인 일반과는 전혀 다른 유형의 인물인 것이다. 김지원의 남다름은 곧 작가 김남천의 남다름일 것인데, 이 작품이 관찰된 해방 후 조선 현실의 가장 충실한 반영물일 수 있었던 것은 이 때문이다. 김남천은 객관적 거리를 두고 해방 후 조선 현실을 관찰할 수 있는 넓은 시야와 이성의 눈을 가진 작가였던 것이다.

김지원의 병상 사유를 구성하는 중요 내용 가운데 주목되는 것은 두 가지이다. 하나는 자기비판의 정신.

"내가 학병반대의 격문을 뿌릴 때 나는 하나의 자긍을 가지고 있었습니다. 조선 청년이 죽은 줄 아느냐, 여기에 산 조선 청년이 있다. 이러한 나의 생각은 젊은 혈기로 해석할 수도 있고 영웅심리로도 해석할 수 있으리라고 믿습니다마는 물론 그것만으로 보아 그릇된 방향이었던가 역사의 진행과 틀리는 운동이었다든가 그렇지는 않았었다고 다른 분들도 생각하고 또 당사자인 나 자신도 생각하고 있습니다. 그러나 내가 감옥에 들어가서 보고 듣고 생각하고 하는 동안 나는 과거에 있어서 중대한 잘못을 범하고 있었다는 것을 깨달았습니다."

(⋯⋯)

"조선민족 전체가 엄숙히 자기비판을 하지 않으면 안되겠다는 의미에서 나 자신 조선민족의 한 성원(成員)이란 입장에서 뼈아픈 과오를 스스로 인정하고 비판을 엄숙히 실행코저 한 것입니다. 그것은 세계 전체가 파시즘을 타도하고 정의를 가져오게 하기 위하여 싸울 때 카이로 선언이 조선의 자유와 독립을 언명하였는데도 불구하고 우리 조선 사람은 타력으로 해방되어질 날을 기다리고 있을 뿐만 아니라 도리어 이것을 방해하는 데 협력을 아끼지 않아서 모든 부분에서 일본을 돕고 원조하고 협력하고 있었다는 것, 그 노렬하고 용렬스럽고 무기력한 태도에 대해서 크게 반성할 필요가 있다고 생각했습니다. 다음으론 범위를 좁혀서 우리 지식인들의 태도에 대한 자기비판입니다. 지식인들의 대부분은 조선민족의 중추인물임을 스스로 자각하지 못하여 삼천만의 대다수가 소학교에도 댕기지 못한 환경 속에서 최고 학문을 교육받은 영광과 은혜를 입은 자임에 불구하고 하나로 민족의 신뢰와 희망 속에서 자기의 책무를 다하지 못하였습니다.[92]

이른바 '민족적 자기비판론'과 '세계관적 자기비판론'의 종합이다.[93] 해방 직후 자기비판의 문제가 제기되었을 때 김남천은 채만식과 함께 민족적 자기비판론의 입장을 견지하였다. 자기비판의 문제를 깊이 다룬 두 차례의 좌담회 발언을 통해 이를 살펴볼 수 있다. 두 차례의 좌담회에는 임화·김남천 중심의 '조선문학건설본부'와 이기영·한설야 중심의 '조선프롤레타리아예술동맹'의 핵심분자들이 참석하였는데, 김남천은 "나 역시 대담하게 쓰고 싶으나 주저하게 됩니다. 역시 죄인이니까 나의 죄를 써서 역효과를 내보려고도 했지만 주저하게 되는 것은 할 수 없더군요. 그러나 요즘엔 언제까지나 주저하고만 있을 필요가 없다고 생각합니다"라는 채만식의 말을 이어 "말하자면 예수가 아니란 말이지요? 십자가를 지고 감람산에 올라갈 필요가 어디 있느냐는 이거 아닙니까!"[94]라고 맞장구를 침으로써 자신의 이 같은 입장을 분명히 드러내었다. 채만식과 김남천의 이 같은 생각은, 우리는 유혹에 넘어가 죄를 지을 수도 있는 허약한 인간이지 예수가 아니므로 전날의 과오에서 비롯한 죄의식에 언제까지나 묶여 있을 수 없다는 주장인데, 전적으로 부정할 수 없는 나름의 타당성을 지닌 의견이다. 그러나 문제를 예수에 대비된 인간의 허약성으로 돌릴 때 자기비판은 의미를 상실한다. 허약한 인간이기에 언제 어떤 상황에서도 죄지을 수 있고, 허약한 인간이기에 언제라도 용서받을 수 있다는 괴논리가 성립하기 때문이다.

이 논리의 연장선상에 "개인적이며 소극적이며 퇴영적이기가 쉬운 망국민족의 본성"[95]에 책임을 돌리는 '민족적 자기비판론'이 성립한다. 민족적 자기비판론은 이 시기 광범위하게 유포되어 친일의 죄의식에 시달리던 많은 지식인들에게 자기변호의 논리적 근거를 제공한 것이다. 이 시기뿐만이 아니다. 민족적 자기비판론은 오늘에 이르러서도 여전히 친일 행적에 대한 자기변호의 논리로 동원되고 있는 생명력 강한 논리이니 쉽게 일축될 수 있는 성격의 것은 아니다. 앞으로도 계속 논의되어야 할 것이다.

해방 직후 자기비판론의 중심은 세계관적 자기비판론이었다. 자주적 통일민족국가의 건설이 절실한 시기이므로 소시민적 이데올로기에 대한 자기비판이 무엇보다 앞서야 한다는 것이 그 중심 내용이다. 세계관적 자기비판론은 민족적 자기비판론과 마찬가지로 민족의 전체적 부일협력을 전제로 삼음으로써 당대의 진보세력이 민주주의 민족국가 건설, 반봉건적 잔재의 청산과 함께 내걸었던 주요기치의 하나인 '일제 잔재의 청산'을 부정하는 측면을 지니고 있지만, 다른 한편으로는 소시민적 이데올로기에 포박되어 적극성과 부정성을 상실했던 문학자들의 '세계관상의 존재전이'를 강력하게 촉구함으로써 그들을 새로운 사회 건설의 전선에 끌어들이고자 하는 대단히 실천적인 이데올로기이기도 했다. 세계관적 자기비판론이 해방 직후 들끓어올랐던 진보적 열정을 이끌고 뒷받침했던 강력한 선전선동의 힘을 발휘할 수 있었던 것은 이 때문이다.

김지원의 병상 사유 가운데 또 하나 주목되는 것은 진정한 '혁명의 정신'이란 무엇인가라는 문제이다.

일본제국주의에 대해서 불같은 투쟁력을 가진 장사우 씨가 결핵균에 대해선 어쩌면 그토록 약한 저항력밖에는 못 가졌던 것일까, 결핵균마저 왜놈의 앞장을 섰던 것일까—자나깨나 잊지 못하던 그의 염원이 이루어진 오늘날 그의 씩씩한 얼굴과 발발한 투지와 부동의 신념과 탁월한 이론을 찾을 수 없음이 얼마나 서운하고 또 민족으로서 손해냐 싶었다. 그의 유족들은 어떡하고 있는가. 집을 나온 지 십 오 년, 한 장의 문서 왕래도 없었다고 하였으니 함경북도의 산골짜기에 파묻혀서 남편의, 아버지의, 아들의 죽음을 알기나 하였으며 유골이라도 찾아갔을 것인가.[96]

같은 감방에 갇혀 있다 결핵으로 죽은 장사우라는 인물의 최후에 대한 김지원의 안타까운 마음을 드러낸 부분이다. 장사우는 모든 것을 버리고 혁명의 길에 떨쳐나섰다가 마침내는 그 길에서 전사하였다. 고향도 집도 버리고 다만 혁명의 외길을 좇아 나아가다 그 길에서 쓰러졌으니 그야말로 진정한 혁명가이다. 김지원의 회고에는 장사우와 같이 혁명의 외길을 걷다 그 길에서 순사한 전사들에 대한 존경심을 드러낸 부분이 자주 나온다. 예컨대 다음과 같은 경우.

방방이 가득 찬 신념과 열성에 불타는 진정한 애국가 진정한 평화애호자 참된 민족의 구원자——명성도 재물도 사심도 사욕도 가족도 부모도 처자도 온갖 것을 털어버리고 정의와 애국심과 뜨거운 열정만을 가지고 댕기는 수백 명의 진정한 조선민족의 구원자가 그를 기다리고 있지 아니하냐. 지원은 자기자신이 그 중의 한 사람으로서 끼게 되는 것이 무한한 영광으로 생각되었다. 문초가 무엇이냐 고문이 무엇이냐 피를 뽑게 하는 혹독하고 잔인스러운 형벌이 무엇이냐. 넘어지고 고꾸라지면서도 불타는 단 하나의 심장이 뛰는 곳은 조선의 독립 민족의 자유 근로대중의 해방 그것을 위한 일본제국주의에 대한 투쟁의 광범한 전개와 조직 그것 하나이었다.[97]

해방 이전의 우리 소설에서 이처럼 진정한 혁명의 정신으로 무장한 혁명가는 거의 찾을 수 없다. 혁명적 정치성의 문학진영에서 반동 부르주아 작가라 규정, 아예 돌아보지 않았던 염상섭의 『삼대』에 등장하는 장훈이란 인물이 거의 유일한 경우가 아닌가 싶은 정도이다.[98]

이 같은 혁명의 사상이 열어 보이는 외줄의 행로가 『1945년 8·15』의 중심을 꿰어 흐르는데, 이는 그 이전 김남천의 삶과 문학 전체 속에 깃들였던 핵(核)의 개화에 해당한다. 끊임없이 자기를 부정하고, 과거를 등지고 앞길을 열어 어기차게 나아가고자 했고 나아왔던 한 열정적인 정신이 해방공간, 열린 시대를 만나 이처럼 스스로를 완성하는 형식을 얻었던 것이다.

그러나 엄혹한 역사전개는 더 이상의 나아감을 허용하지 않았다. 농민 중심의 대구봉기를 다룬 장편 『시월』[99] 연재 중 김남천은 삼팔선을 넘었다. 이후 그의 행적은 남로당의 이남 공작 중심이었던 '해주 제일인쇄소'에서 일했다는 것, 1948년 8월 25일 열린 '남조선인민대표자회의'에서 최고인민회의 대의원으로 뽑혔다는 것, 한국전쟁 때 서울에 내려와 문우들을 만났으며 낙동강전선에까지 내려가 종군 취재했다는 것, 1951년 『조선문학』에 한국전쟁에서 취재한 단편 「꿀」을 발표했다가 가혹한 사상비판의 회오리 속에 휩쓸렸다는 것, 그리고 아직도 알 수 없는 최후를 맞았다는 것 등 정도만 알려져 있을 뿐이다. 역사와 맞서 새로운 역사의 물길을 열고자 했던 한 강인한 정신은 그렇게 캄캄 어둠 속으로 묻혀갔다. 역사는 당연히 그를 어둠 속에 팽개치고 제 갈 길을 내달렸다.

주

1) 이명재 편저, 『등불』, 벽호, 1995, 346쪽. 최근의 한 증언에 따르면 1951년 성천의 고향집에서 부모, 동생 내외와 함께 총살되었다고 한다(「김남천 친족인터뷰—기억 속의 김남천」, 『작가들』, 2002 하반기호).

2) 같은 책, 321쪽. 「김남천 친족인터뷰—기억 속의 김남천」에서 김남천의 조카인 김희섭은 김영전이 천석꾼 집안에서 태어나 한학을 배우며 성장한 매우 정갈한 인품의 소유자로서 성천군내에서 존경받는 유지였다고 증언하였다.

3) 단편 「어머니 삼제」에 그려진 '아버지'가 김남천의 실제 아버지인지 아닌지 판단할 수 있는 근거는 전혀 없다. 「어머니 삼제」의 '아버지'는 고추 등의 농산물을 수집해 평양 물산 객주에 넘기는 농산물 중간상으로, 도쿄 유학 중 사회주의에 기울어 사회계몽운동에 열성인 아들을 못마땅하게 여기는 인물이다. 이 작품에는 순사에게 연행당해 집을 떠나는 장면이 나오는데, 「그 뒤의 어린 두 딸」에 그려져 있는 전주사건 당시의 연행 장면과 비슷하다. 굳이 든다면 이것을 이 작품이 실제 있었던 일을 그린 것이라 볼 근거로 볼 수 있을 것이다.

4) 서정주, 『미당 시전집』 1, 민음사, 1994, 33쪽, 34쪽.

5) 이광수, 「문사와 수양」, 『이광수전집』 10, 삼중당, 1971, 353쪽.

6) 김남천은 여러 편의 장편 연재를 시도했지만 대부분은 미완에 그쳤다. 완성품은 『사랑의 수족관』 한 편뿐이다. 『대하』와 그 2부의 앞부분에 해당하는 『동맥』 연작을 비롯하여 『낭비』, 『1945년 8·15』, 『시월』 등이 모두 미완이다. 이처럼 대부분의 장편이 완성되지 못한 것은 아마도 상황 때문일 것이다.

7) 김남천, 「자작안내」, 정호웅·손정수 엮음, 『김남천전집』 1, 박이정, 2000, 382쪽. 이하 『전집』으로 약칭.

8) 같은 글, 383쪽.

9) 김남천, 「십 년 전」, 『전집』 2, 167쪽, 168쪽.

10) 김남천, 「반카프 음모사건의 계급적 의의」, 『전집』 1, 4쪽.

11) 추백, 「창작방법의 재토의를 위하여」, 『동아일보』, 1933. 12. 3.

12) 김남천, 「창작방법에 있어서의 전환의 문제」, 『형상』, 1933. 3, 51쪽.

13) 임화, 「작가와 그 실천의 문제」, 『동아일보』, 1933. 12. 20.

14) 김남천, 「창작과정에 대한 감상」, 『전집』 1, 78쪽, 79쪽.

15) 이 작품의 정밀한 분석으로는 김윤식, 『임화연구』, 문학사상사, 1987 참조.

16) 김동인, 「태형」, 『김동인전집』 1, 조선일보사, 1987, 212쪽.

17) 탐미주의 또는 자연주의 작가로 널리 알려진 김동인의 참모습은, 인간이란 보잘것없는 존재일 뿐이라는 생각을 신념처럼 지녔던 싸늘한 냉소주의자이다. 고등학교 과정을 마친 한국인이면 누구나 읽었을 「감자」가 김동인의 이 같은 면모를 잘 보여주는 대표적인 작품이다.

18) 김남천, 「남편 그의 동지」, 『신여성』, 1933. 4, 88쪽, 89쪽.

19) 김남천, 「신의에 대하여」, 『조광』, 1943. 9, 143쪽.

20) 김남천, 「자기분열의 초극」, 『조선일보』, 1938. 10. 30.

21) 김남천, 「유다적인 것과 문학」, 『조선일보』, 1937. 12. 15.

22) 이동규, 「신경쇠약」, 『풍림』, 1937. 4, 72쪽.

23) 김남천, 「4월 창작평」, 『조선일보』, 1937. 4. 11.

24) 김남천, 「녹성당」, 『문장』, 1939. 3, 86쪽.

25) 김남천, 「자작안내」, 『전집』 1, 385쪽.

26) 김남천, 「처를 때리고」, 『조선문학』, 1937. 6, 25쪽, 26쪽.

27) 김남천, 「속요」, 『광업조선』, 1940. 4, 69쪽, 70쪽.

28) 김남천, 「경영」, 『문장』, 1940. 10, 33쪽.

29) 김남천, 「맥」, 『춘추』, 1941. 2, 345쪽, 346쪽.

30) 김남천, 「경영」, 『문장』, 1940. 10, 45쪽, 46쪽.

31) 이마무라 히토시, 이수정 옮김, 『근대성의 구조』, 민음사, 1999 참조.

32) 이광수, 「심적 신체제와 조선문화의 진로」, 『매일신보』, 1940. 9. 12.

33) 김남천, 「등불」, 『국민문학』, 1942. 3, 112쪽.

34) 같은 글, 122쪽, 123쪽.

35) 같은 글, 125쪽.

36) 김남천, 「지식계급 전형의 창조와 '고향' 주인공에 대한 감상」, 『전집』 1, 87쪽.

37) 같은 글, 91쪽.

38) 임화, 「현대문학의 정신적 기축」, 『문학의 논리』, 서음출판사, 1989, 68쪽.

39) 임화, 「현대소설의 주인공」, 『문학의 논리』, 서음출판사, 1989, 246쪽.

40) 같은 글, 249쪽.

41) 김남천, 「고발의 정신과 작가」, 『전집』 1, 231쪽.

42) 김남천, 「일신상의 진리와 모랄」, 『조선일보』, 1938. 4. 22.

43) 안함광, 「문학의 주장과 실험의 세계」, 『비판』, 1939. 7.

44) 이 작품이 역사적 사건을 거의 지나치고 있다는 점에도 불구하고 1910년 8월 29일에 있었던 한일합방에 대한 언급이 전혀 없음을 미루어 1907년에서 1910년까지로 추정해볼 수 있다. 작품 마지막, 주인공이 집을 떠나는 날이 오월 초여드레라는 사실도 우리의 추정을 뒷받침한다.

45) 조정래의 대하장편 『아리랑』 분석에서 저자는 『아리랑』의 기본 구조가 절대적 성격의 두 대립항이 구축하는 이원적 대립구조라 파악하고 그 문제점을 근대전환기의 중인계층에 대한 인식과 관련지어 다음처럼 지적한 바 있다. "다른 한편, 절대적 성격의 두 대립항이 구축하는 이원적 대립구조는 모든 것을 그 구조로 환원하고 척도하는 흡입력을 내재하고 있기 때문에 인물과 사건, 상황의 객관적 전체성을 두루 살피고 껴안는 것을 가로막는다. 예컨대 『아리랑』의 앞 부분을 이끄는 중심 인물인 지방 관아의 아전 출신인 백종두와 보부상 출신인 장덕풍의 경우, 그들의 변신은 지배권력에 빌붙는 것이지만, 한편으로는 근대적 세계질서의 형성을 반영하고 근대적 세계질서의 형성을 주도하는 것이기도 한 것이다. 이 측면에 대한 소설적 탐구의 예를 우리 소설사는 풍부하게 보유하고 있다. 『고향』(이기영, 1934)의 안승학, 『삼대』(염상섭, 1931)의 조의관과 그의 손자 조덕기, 『태평천하』(채만식, 1939)의 윤직원, 『대하』(김남천, 1939)의 박성권, 『북간도』(안수길, 1967)의 장칠성 등이 그 같은 측면을 소설 속에서 실현해보이는 인물들이다. 당대 현실질서를 규율하는 권력 중심이 총독부였던 만큼 당연히 그들의 사고와 삶의

궤적은 친일적이다. 그런데 초점은 근대적 세계질서와의 관련
성이고 친일의 측면과의 관계는 부차적인 것이 중요하다는 사
실이다. 민족적/반민족적이란 이항대립이 절대적인 척도로 작
용하는 『아리랑』의 이분법적 그물은 전자만을 포착할 뿐 후자
는 배제하고 만다. 올바르고 아름답지만 그러나 폭이 좁을 수밖
에 없는 그물." 정호웅, 「'아리랑'의 주제」, 조남현 엮음, 『『아리
랑』 연구』, 해냄, 1998.

46) 박성권의 탐욕스러운 성격과 기민한 현실주의를 그 계층적 속
성과 관련시켜 이해할 수도 있겠지만 양자의 관련성은 작품 속
에 전혀 나타나 있지 않다.

47) 안함광, 앞의 글, 1939. 7, 73쪽.

48) 김남천, 「시대와 문학의 정신」, 『동아일보』, 1939. 5. 7.

49) 김남천, 「동맥」 2회, 『신조선』, 1947. 2, 135쪽.

50) 「동맥」 6회, 『신조선』, 1947. 6, 108쪽.

51) 「동맥」 5회, 『신조선』, 1947. 5, 104쪽, 105쪽.

52) 같은 글, 104쪽.

53) 김남천, 「고발의 정신과 작가」, 『전집』 1, 227쪽.

54) 김남천, 「고전에의 귀환」, 『전집』 1, 251쪽.

55) 같은 글, 250쪽.

56) 십 유여(有餘) 년의 역사를 지닌 '신흥문학' 곧 프로 문학 이외
의 문학과 문학사에 대한 관심이 거의 없었던 프로 문인들의 닫
힌 시야를 생각할 때, 30년 신문학의 역사와 그 연속으로서의
프로 문학사를 강조하는 김남천의 견해는 전혀 다르다. 김남천
의 견해는 「신문학사론」을 떠받치고 있는 임화의 문학사관과
같은 것이니, 두 사람이 프로 문학 진영을 대표하는 문학이론가
일 수 있었던 이유의 하나는 여기에 있다.

57) 김남천, 「황율(黃栗)·연초(煙草)·잠견(蠶繭)」, 『전집』 2, 183쪽.

58) 근대적 개인주의 이념을 그린 작품으로 평가받는 염상섭의 「만세전」을 통해 이 문제를 생각해볼 수 있다. 「만세전」의 주인공이인화는 형을 비롯한 주변인들의 실용주의적 학문관을 격렬하게 비판하는데, 그 비판이 학문에 대한 깊은 사유의 소산이라고 할 수는 없다는 점에서 그 한계 또한 분명하다. 일본 유학에 나아가 새로운 학문의 길을 걷고 있음에도 불구하고 그는 그 새로운 학문이 전통적인 학문과, 당대 조선 현실과, 그리고 자신의 삶과 어떻게 관련되어 있으며 어떤 의미를 지니는가를 이해하지 못하고 있을 뿐만 아니라 그 관계의 안쪽을 살피려는 의식조차 갖고 있지 않다. 새로운 학문을 전통적인 학문과의 관련 속에서 이해하고 있지 못하며 그 관계를 이해하려는 의식조차 지니고 있지 않음은 이인화의 개인주의가 과거―현재―미래로 이어지는 역사성과 무관한 성격의 것이라는 점과 깊이 관련되어 있다. 「만세전」에서 제기되고 있는 새로운 학문관이 이처럼 전통적인 학문관과 무관한 것이라는 사실은 「만세전」으로 대표되는 한국 근대문학의 전통관련성이 얼마나 얕은가를 말해주는 뚜렷한 증거이다.

59) 「출판부소식」, 『인문평론』, 1941. 1, 299쪽.

60) 채만식, 「김남천 저 '사랑의 수족관' 평」, 『매일신보』, 1940. 11. 19.

61) 김남천, 『사랑의 수족관』, 인문사, 1940. 11. 1, 251쪽, 252쪽.

62) '직업'에 대한 충실을 중요한 삶의 덕목으로 인식하고 있는 사람은 김광호 말고도 또 있다. 김광호를 짝사랑했던 강현순이란 여인이다. 그녀는 김광호에 대한 안타까운 연정이 결실되지 못하리라는 사실을 알고는 "그의 몸을 부둥켜 세울 신념의 기둥

은 역시 생활과 직업의 가운데서 찾아볼 밖에 딴 도리가 없"다고 생각, "우선 나의 직업에 충실하자"(439쪽)라고 다짐한다.

63) 같은 책, 52쪽.

64) 『동아일보』, 1940. 4. 24.

65) 『동아일보』, 1940. 4. 13.

66) 『사랑의 수족관』, 66쪽, 67쪽.

67) 『사랑의 수족관』, 411쪽, 412쪽.

68) 『사랑의 수족관』, 485쪽.

69) 유진오, 「신경」, 『창랑정기』, 정음사, 1963, 343쪽.

70) 유진오, 「창랑정기」, 『창랑정기』, 22쪽.

71) 같은 곳.

72) 「신경」, 앞의 책, 1963, 348쪽.

73) 김남천, 「기회주의 삼태(三態)」, 『전집』 2, 356~8쪽.

74) 김남천, 「1945년 8·15」, 『자유신문』, 1945. 11. 8.

75) 동시대 문인 가운데 김남천은 특이하게도 확고한 남녀평등론자였다. 김남천의 일본어 소설 「어떤 아침」에는 자신의 남녀평등론을 반성적으로 되살피는 내용이 있다.
"그렇지만 사실 나도 열네다섯 살 때부터 남녀평등론자였고, 지금도 겉으로는 남녀에 차별을 두고 있지 않으며, 또한 실제로 아이들에게는 일상생활에서도 기분상으로도 별로 차별 같은 건 하지 않는다고 생각한다. 그러나 위로 세 명의 누나가 있고, 아래로도 몇 명의 여동생이 있는 나는 상당한 차별을 받으며 자라왔고, 나를 그처럼 기른 부모님들도 아직 고향에 건재하신다. 자신이 받았던 차별 대우에 대해 농담 섞인 불만을 토로하면서도 아직도 옛 관습 그대로 어른인 나를 자신들과 구별하여 대접해주는 누이들이, 그와 마찬가지로 자기 아이들에게도 그 관습 그대로 행동하는 것을 보면, 시골이든 도회든, 남자든 여자든 이 사상에 사로잡힌 사람들이 아직도 내 주변에는 북적거릴 정도로 많이 있다고 할 수 있다. 과장해서 말한다면 남존여비 사상이 주위에 만연해 있다고 해도 조금도 과언이 아니다. 나는 이런 환경에 대한 반발심에서 인간의 도리는 그렇지 않다는 것을 깨닫고 나서부터 남녀평등론에 공감하여 그 후 20년 가까이 인습타파를 위해 끊임없이 힘을 썼고 윗사람이든 아랫사람이든 조그마한 계기라도 있으면 이것을 지치지 않고 이야기했다. 최근에는 여자 전문학생도 나오기 시작했고, 딸이 셋 있는 집은 기둥뿌리가 뽑힌다는 인색한 속담도 들리지 않게 된 것을 보면 이것으로 상당한 효과를 거두었다고 조금은 자부심을 가지고 자랑하지 않을 수 없었다. 그러나 그렇게 행동했던 나도 어느샌가, 투쟁의 대상으로 삼았던 많은 사람들 속에서 자신의 모습을 잃어버릴 정도가 되어 버린 것일까. 그렇지 않으면 남녀에 차별이 없다는 이런 사상마저도 또한 나의 젊음이 가져온 청춘의 한 과오에 불과한 것일까." 김남천, 윤대석 옮김, 「어떤 아침」, 정호웅 · 손정수 엮음, 『김남천소설전집』, 소명출판.

76) 김남천, 「발자크 연구 노트」 4, 『인문평론』, 1940. 5, 48쪽, 49쪽.

77) 임화, 「세태소설론」, 『동아일보』, 1938. 4. 3.

78) 같은 곳.

79) 임화, 「사실의 재인식」, 『동아일보』, 1938. 8. 28.

80) 김남천, 「일신상의 진리와 모랄」, 『조선일보』, 1938. 4. 22.

81) 김남천, 「발자크 연구 노트」 3, 『인문평론』, 1940. 4, 18쪽.

82) 김남천, 「발자크 연구 노트」 2, 『인문평론』, 1939. 12, 84쪽.

83) 같은 글, 83쪽.

84) 이에 대한 김남천의 지적이 있었다.

"작가는 그의 창조사업을 우리들의 문학사적 토대 위에서 진전시키지 않고 있다. 어떠한 작가가 여하한 이유에 의해서든가 약 10년 동안 붓을 던지고 휴업을 하였다고 가정하자. 그것이 그 작가에 있어 어떤 합리적이요 또 피치못할 사정과 이유에 의하여서 결과된 휴업이라고 할지라도, 작가의 8·15에 의한 창조적 사업의 재출발이 문학사상 10년의 세월을 그대로 공백으로서 취급하는 것을 허락하는 이유로는 되지 못한다. 그러므로 그 작가가 휴식하고 정지하고 있는 동안에 경험하고 체험한 모든 문학사적 변천과, 설사 그 걸어온 길이 정로에서 어긋나는 행로이었다 하더라도 어려운 고난 속에서 이루어지고 도달한 작가 및 문학의 정신이 그대로 아무러한 유익한 거름도 되지 못한다고 생각한다면 무력과 무능력과 나태의 합리화에 있어 이 위에 더 큼이 없다 할 것이다. 암흑시대의 전야에 도달하였던, 문학적 경지의 높이에서 아무런 고민도 부끄러움도 없이 오늘의 저속한 하향을 결과하게 된 주요한 원인의 하나가 여기에 있음은 틀림없는 사실이다." 김남천, 「창조적 사업의 전진을 위하여」, 『문학』, 1946. 7, 132쪽 참조.

85) 미하일 바흐친, 『작가와 주인공』, 동경: 신시대사, 1984, 33쪽.

86) 김윤식, 『해방공간의 문학사론』, 서울대학교출판부, 1989, 191쪽, 192쪽.

87) 『해방일보』, 1946. 2. 9 게재. 그 내용은 다음과 같다.

"이러한 여러 가지 문학활동에 있어서 방법과 형식은 각자의 영역과 개성에 따라 상당한 굴신성과 자유를 가질 수 있을 것이나 기본방향은 혁명적 로맨티시즘과 진보적 리얼리즘이 기조가 되지 않으면 안 된다. 형식의 이러한 특색은 내용의 충실을 전제로 하는 것으로, 작가 예술가는 민중 가운데서 자기를 두어야 할

뿐 아니라 급속히 그 사상내용을 충실히 하기 위하여 조선혁명
의 성질과 임무에 대한 깊은 신념과 투철한 자각을 가져야 할 것
이다."

88) 김남천, 「새로운 창작방법에 관하여」, 『건설기의 조선문학』, 백
   양당, 1946, 169쪽.

89) 「조선문학의 지향 ─ 문인 좌담회 속기」, 『예술』, 1946. 1, 4쪽.
   이 좌담회는 1945년 12월 12일 서울 아서원에서 열렸다. 평양
   을 떠나 12월 초순 서울에 도착한 이기영(「동지애」, 『우리문
   학』, 1946. 2, 43쪽 참조)을 비롯, 한설야 · 권환 · 한효 · 박세영
   등 '예맹'계의 중심인물, 임화 · 김남천 · 이원조 · 김영건 등
   '문건'계의 핵심분자가 참석, 두 세력간의 정면대결 형식을 취
   한 점이 특징적이다. 여기에는 『평양민보』 사장으로 소개된 한
   재덕과 한설야가 북조선의 대표 자격으로 참가, 대중에 대한 문
   학교육을 강조하고 있어 인상적이다.

90) 같은 글, 5쪽.

91) 김남천, 「남조선의 현정세와 문학예술의 위기」, 『문학평론』,
   1947. 4, 37쪽.

92) 김남천, 「1945년 8·15」, 『자유신문』 12. 23쪽, 24쪽.

93) 정호웅, 「해방공간의 자기비판소설 연구」, 『한국현대소설사론』,
   새미, 1997 참조.

94) 「창작합평회」, 『신문학』, 1946. 6, 158쪽.

95) 채만식, 「민족의 죄인」, 『백민』, 1948. 10, 36쪽.

96) 김남천, 「1945년 8·15」, 『자유신문』, 12. 3.

97) 김남천, 「1945년 8·15」, 『자유신문』, 11. 29.

98) 장훈은 국외 공산주의 계열의 국내 조직원으로서 '국외의 붉은
   자본'으로 활동 거점을 마련했다가 발각되어 취조받던 중 자살

한다. 나는 그가 자살 직전에 남긴 다음 인용의 독백을 들어 "우리 소설에서는 처음 확인되는 혁명의 사상이다. 프로 진영으로부터 대표적인 부르주아 문학인으로 지목당했고 그 자신 반프로 진영을 대표하여 프로 진영과 맞섰던 염상섭의 문학에서, 프로 소설 어디서도 확인할 수 없는 혁명의 사상을 만난다는 것은 즐겁다"라고 말한 적이 있다. 정호웅, 「한국문학과 감옥 체험」, 『문학사와 비평 연구』 6집 참조.

"당장 고통을 견디지 못해서 죽는 것은 아니다. 몇 십 명의 숨은 동지를 대신해서 죽는다는 것도 말이 안 된다. 그들 개인이나 그들의 가족을 고통과 불행에서 건져주려는 그따위 희생적 정신이란 것은 미안하나마 내게 없다. 나는 다만 조그만 시험관(試驗管) 하나를 주검으로 지킬 다름이나 그 시험관은 자기네 일의 결정적 운명을 좌우하는 것이요, 지금 이 시각도 몇몇 우수한 과학적 두뇌를 가진 동지들이 머리를 싸매고 모여앉아서 연구를 계속하는 것이다. 이 연구와 시험도 미구 불원에 성공할지도 모른다. 이것을 주검으로 지켜 주는 것이 지금 와서는 나의 맡은 책임이다. 그것 하나만으로도 내 주검은 값이 있는 것이다. 그러나 그 시험관의 결과를 못 보는 것만은 천추의 유한이다. 하지만 그 역시 내 눈으로 보자던 것도 아니었다. 그것은 벌써 각오하였던 것이 아닌가."

99) 『광명일보』, 1947. 7. 1~8. 14, 미완.

참고문헌

강영주, 「1930년대 소설론고」, 서울대 석사학위논문, 1976.

강진호, 「1930년대 후반 신세대 작가 연구」, 고려대 박사학위논문, 1997.

권영민, 『해방직후의 민족문학운동 연구』, 서울대학교출판부, 1986.

_____, 『한국 계급문학 운동사』, 문예출판사, 1998.

김경수, 「김남천 소설론의 전개 과정」, 『이정 정연찬선생 회갑기념 논총』, 1989.

김동환, 「1930년대 한국 전향소설 연구」, 서울대 석사학위논문, 1987.

김외곤, 「새나라 건설을 위한 노력과 좌절─김남천의 「1945년 8·15」」, 『외국문학』, 1992 여름호.

김윤식, 『한국근대 문예 비평사 연구』, 일지사, 1976.

_____, 『한국근대문학사상사』, 한길사, 1984.

김윤식·정호웅, 『한국소설사』, 문학동네, 2001.

김인환, 「한국현대소설의 계보」, 『문학동네』, 1998 겨울호.

김재남, 『김남천 문학론』, 태학사, 1991.

김재용, 「중일전쟁과 카프 해소·비해소파」, 『1950년대 남북한 문학』, 평민사, 1991.

나병철, 「1930년대 후반기 도시소설 연구」, 연세대 박사학위논문, 1990.

류보선, 「1930년대 후반기 문학비평 연구」, 서울대 박사학위논문, 1996.

류종렬, 「1930년대 말 한국 가족사연대기 소설 연구」, 부산대 박사학위논문, 1991.

문영진, 「김남천의 해방전 소설 연구」, 서울대 석사학위논문, 1989.

박헌호, 「30년대 후반 '가족사연대기' 소설의 의미와 구조」, 『민족문학사연구』 4호, 1993.

서경석, 「김남천—정치적 실천과 문학적 실천」, 『월북문인연구』, 문학사상사, 1989.

송민호, 『일제말 암흑기문학 연구』, 새문사, 1989.

신형기, 「역사의 방향—김남천의 「1945년 8·15」」, 『해방기 소설 연구』, 태학사, 1992.

우한용, 『한국현대소설 구조 연구』, 삼지원, 1990.

이동하, 「일제말 지식인의 고뇌와 갈등」, 『현대문학』, 1989. 9.

_____, 「김남천의 「경영」·「맥」 연작에 대한 재고찰」, 『운당 구인환 선생 화갑기념논문집』, 한샘, 1989.

이명재, 『김남천』, 지학사, 1992.

이수형, 「김남천 문학 연구—이데올로기와 실천의 관계를 중심으로」, 서울대 석사학위논문, 1998.

이재선, 「김남천 소설의 양상」, 『현대문학』, 1989. 6.

_____, 『한국현대소설사』, 홍성사, 1984.

이희환 외, 「김남천 친족인터뷰—기억 속의 김남천」, 『작가들』, 2002 하반기호.

이희환, 「김남천의 생애」, 『1945년 8·15』, 도서출판 작가들, 2007.

임규찬,『한국근대소설의 이념과 체계』, 태학사, 1998.

임 화,『문학의 논리』, 서음출판사, 1989.

정호웅,「주체의 정립과 리얼리즘」,『한국근대리얼리즘론 작가 연구』, 문학과지성사, 1988.

_____,「새로운 세계에 대한 열망과 그 한계—김남천의『대하』론」,『장편소설로 보는 새로운 민족문학사』, 열음사, 1993.

채호석,「김남천 문학연구」, 서울대 박사학위논문, 1999.

_____,『한국근대문학과 계몽의 서사』, 소명출판, 1999.

채 훈 외,『월북작가에 대한 재인식』, 깊은샘, 1995.

하정일,『20세기 한국문학과 근대성의 변증법』, 소명출판, 2000.

한형구,「일제말기시대 미의식에 관한 연구」, 서울대 박사학위논문, 1992.

호테이 토시히로(布袋敏博),「일제말기 일본어 소설 연구」, 서울대 석사학위논문, 1996.

황국명,「1930년대 후반기 장편소설론 연구—김남천의 장편소설 개조론을 중심으로」,『인제논총』9-2, 1993. 12.

황순재,「한국 관념소설의 재현방식 연구」, 부산대 박사학위논문, 1996.

후지이시 다카요(藤石貴代),「1930년대 후반 한국 전향소설 연구」, 서울대 석사학위논문, 1997.

김남천 연보

1911년(1세)   3월 16일, 평남 성천에서 중농이며 공무원이던 김 영전의 장남으로 태어남. 본명은 김효식(金孝植). 본적 평안남도 성천군(成川郡) 성천면(成川面) 하부리(下部里) 271번지.

1926년(16세)   평양고보에 적을 두고 평양에서 지냄. 이때 한재덕 등과 『월역』(月域)이라는 동인 잡지를 내면서 신흥 문학에 이끌림. 이 시절 「단오」, 「명절」, 「늦은 봄」, 「약자행」, 「어머니의 아해」 등 열 편이 넘는 작품을 쓰기도 함. 동인들과 함께 당시 숭전(崇專) 교수로 있던 양주동을 찾아가기도 했으나 그다지 좋은 인상을 받지는 못했음(「스승무용기」).

1929년(19세)   평양고보를 졸업하고 도쿄에 건너가 호세이(法政) 대학 예과에 입학하여 유학생활. 이해 한재덕의 소개로 와세다대학 구내에서 안막을 만나 이 자리에서 카프 도쿄지부 소속 극단의 조선 공연에 동행할 것을 권유받음. 여름방학 때 귀국하여 안막·한재덕과 함께 경성역에서 임화를 만남(「십 년 전」). 카프 도쿄지부가 발행한 기관지 『무산자』에 임화·

안막·이북만 등과 함께 참가. 200자 원고지 400 매에 가까운 「산업예비군」이란 소설을 썼으나, 합평회 자리에서 한재덕·김두용·임화·안막 등으로부터 부르주아적인 구투를 벗어나지 못했다는 혹평을 받고 원고를 불살라 버림(「자작 안내」).

1930년(20세)   봄에 임화·안막과 함께 조선에 들어와 국내의 카프 개혁과 신간회 해소를 주창. 여름방학 때 귀향하여 9월에 성천 청년동맹을 조직하고 집행위원이 됨. 한재덕과 함께 평양 고무공장 노동자 총파업에 관여하여 격문을 작성하는 등 선전선동 활동을 수행함. 『중외일보』에 김효식이라는 본명으로 첫 평론 「영화 운동의 출발점 재음미」 발표. 12월 말일날 도쿄의 하숙에서 소설 「공제생산조합」과 희곡 「조정안」을 창작. 이 두 편은 모두 평양 고무공장 파업에서 취재한 것임.

1931년(21세)   1월 1일, 김남천이라는 필명을 만듦. 호세이대학에서 좌익단체인 '독서회 및 적색 스포츠단'과 좌익 신문·잡지의 배포망인 '무산자사신문 법정반과 무산청년 법정반 및 전기 법정반'에 가입했다가 제적된 후(3월) 카프 제2차 방향전환기에 귀국. 청복극장이라는 좌익 극단에서 연극운동을 펼치는 한편, 「공장신문」, 「공우회」 등 소설 발표함.
10월 카프 제1차 검거 때 소위 조선공산주의자협의회 사건에 연루되어 공산당원 고경흠과 함께, 카프 문인 중 유일하게 기소되어 2년의 실형을 받음.

1933년(23세)   병보석으로 출옥 후 낙향. 자신의 옥중 체험기인 단편소설 「물!」로 인해 임화와 논쟁을 벌임. 12월 상처(喪妻).

1934년(24세) 카프 제2차 검거 때에는 검거되어 전주까지 이송되었으나, 31년의 1차 검거 때 투옥된 이유들로 제외되어 기자로서 조사과정을 취재 보도하는 일을 함.

1935년(25세) 임화·김기진과 협의하여 5월에 카프 해산계를 경기도 경찰국에 제출.『조선중앙일보』에 기자(백철의 기록에는 여운형의 소개로 취직한 것으로 되어 있으나, 후일 김남천이 쓴 「여운형」에 의하면 입사후 처음 본 것으로 되어 있음)로 입사하여 일하다가 신문의 정간(1936년 9월 5일)으로 그만둠.

1937년(27세) 고발문학론·모랄론 등의 평론 활동을 펼치는 한편,「처를 때리고」,「춤추는 남편」,「요지경」 등 이른바 자기고발 소설을 창작함.

1939년(29세) 『조선일보』에 장편『사랑의 수족관』을 연재하는 한편 전작 장편『대하』를 인문사에서, 창작집『소년행』을 학예사에서 간행함.

1940년(30세) 일기체 소설인 「노고지리 우지진다」 등의 단편과 연작 중편인「경영」·「맥」을 발표하는 동시에,『사랑의 수족관』을 인문사에서 출간함.

1942년(32세) 단편 「등불」과 중편 「구름이 말하기를」을 연재하는 정도로 창작이 격감됨.

1943년(33세) 『국민문학』에 당시 자신의 신변과 심경을 담은 「어떤 아침」 발표함.

1944년(34세) 연초 도쿄에 출장 다녀옴.

1945년(35세) 해방과 더불어 임화와 함께 조선문학건설본부 설립을 주도함.

1946년(36세) 희곡 「3·1운동」을 발표하는 한편, 시사적인 평문을 다수 발표. 조선문학건설본부와 조선프롤레타리아 문학동맹이 박헌영의 지시로 발전적으로 통합된 조선문학가동맹의 중앙집행위원회 서기국 서기장이 됨.

1947년(37세) 공산주의자들에 대한 미군정청의 탄압이 심해지자 임화 등의 남로당 계열 문인들과 함께 월북, 해주 제일인쇄소를 근거지로 삼음.

1948년(38세) 8월 25일, 해주에서 열린 남조선인민대표자회의에서 최고인민회의대의원으로 피선.

1950년(40세) 한국전쟁 때 서울에 내려와 머물고 낙동강 전선에 취재 겸 종군도 함.

1951년(41세) 소설 「꿀」 발표. 이후 행적 불명. 그의 숙청 시기에 대해서는 임화·이원조와 같은 1953년이라는 설과 박헌영 숙청시(1955)라는 설이 있다. 그의 죽음에 대해서도 53년, 55년, 78년 당시 생존(김삼규의 증언)이라는 세 가지 설이 있는데 확인되지 않았다.

※이 연보는 김남천의 생애에 대한 가장 풍부한 정보를 담고 있는 『등불』(이명재 편저, 벽호, 1995)에 크게 힘입었다.

작품목록

(*표는 파붕(巴朋) 혹은 파붕생(巴朋生)이란 필명으로 발표되었음을 가리킴)

제목	게재지·출판사	연도

■ **평론**

영화운동의 출발점 재음미	중외일보	1930. 6
반카프 음모사건의 계급적 의의		
	시대공론	1931. 9
경제적 파업에 관한 멘쉐비키적 견해—『신흥』제5호		
이성용 씨 소론의 비판	이러타	1931. 10
문화적 공작에 관한 약간의 시감	신계단	1933. 5
잡지문제를 위한 각서	신계단	1933. 6
임화에 관하여	조선일보	1933. 7. 22~25
임화적 창작평과 자기비판	조선일보	1933. 7. 29
임화에게 주는 나의 항의	조선일보	1933. 8. 1~2
임화에게 항의	조선일보	1933. 8. 3~4
문학적 치기를 웃노라—박승극의 잡문을 반박함		
	조선일보	1933. 10. 10~12

| | 동아일보 | 1939. 12. 22 |

송년호 작품의 인상―12월 창작평

| | 인문평론 | 1940. 1 |

신진 소설가의 작품세계　　　인문평론　　1940. 2

문예시평(상) 작자와 인물의 거리

| | 조선일보 | 1940. 3. 20 |

문예시평(중) 문외한의 소설

| | 조선일보 | 1940. 3. 21 |

문예시평(하) 엉뚱한 제재와 고정성

| | 조선일보 | 1940. 3. 23 |

소화 14년도 개관―창작계　　조선작품연감 1940

관찰문학소론―발자크 연구 노트 3

| | 인문평론 | 1940. 4 |

체험적인 것과 관찰적인 것―발자크 연구 노트 4

| | 인문평론 | 1940. 5 |

영화인에게 보내는 글―공수평론

| | 문장 | 1940. 6 |

명일에 기대하는 인간 타입　　조선일보　　1940. 6. 11~12

아메리칸 리얼리즘의 교훈(1) 최고 매행과 소재

| | 조선일보 | 1940. 7. 27 |

아메리칸 리얼리즘의 교훈(2) 서구 소설의 회삽성(晦澁性)

| | 조선일보 | 1940. 7. 28 |

아메리칸 리얼리즘의 교훈(3) 존재하는 모순의 제시

| | 조선일보 | 1940. 7. 30 |

아메리칸 리얼리즘의 교훈(4) 발전상과 그 한계

| | 조선일보 | 1940. 7. 31 |

원리와 시무의 말 상반기 평론계 소묘

■수필

어린 두 딸에게	우리들	1934
얼마나 자랐을까 내 고향의 라일락		
	조선일보	1935. 6. 17
버스	조선중앙일보	1935. 7. 10
귀로―내 마음의 가을	조선중앙일보	1935. 9. 23
그 뒤의 어린 두 딸	중앙	1936. 6
봄과 나	조선문학	1937. 4
교육, 아이	여성	1938. 2
광강남을 그리는 향수―몽상의 순수성		
	조광	1938. 4
가로	조선일보	1938. 5. 10
뒷골목―평양 잡기첩	조선일보	1938. 5. 28~6. 4
산이 깨뜨린 로맨스	조광	1938. 7
양덕쇄기―성천서 온천까지(1) 유목		
	조선일보	1938. 7. 23
양덕쇄기―성천서 온천까지(2) 시정사		
	조선일보	1938. 7. 24
양덕쇄기―성천서 온천까지(3) 방언		
	조선일보	1938. 7. 26
양덕쇄기―성천서 온천까지(4) 읍구		
	조선일보	1938. 7. 27
양덕쇄기―성천서 온천까지(5) 밀림		
	조선일보	1938. 7. 28
당대 조선여성의 기질	사해공론	1938. 8

나는 파리입니다	조광	1938. 8
독서	박문	1938. 9
어느 해 가을의 회상―낙엽일기		
	사해공론	1938. 10
안(雁)	조광	1938. 11
내가 정보부다―자작 여주인공 몽중회담기		
	동아일보	1939. 1. 10~11(2회)
활빈당―신춘송	조선일보	1939. 1. 12
사랑방 없는 고을	청색지	1939. 2
가정봉사	비판	1939. 4
풍속시평(1) 풍속과 소설가	조선일보	1939. 7. 6
풍속시평(2) 의상(7. 7)	조선일보	1939. 7. 7
풍속시평(3) 두발(7. 9)	조선일보	1939. 7. 9
풍속시평(4) 신발(7. 11)	조선일보	1939. 7. 11
도피행	조광	1939. 8
살인작가	박문	1939. 8
조선문학과 연애문제	신세기	1939. 8
십 년 전	박문	1939. 10
스승무용기	조광	1939. 10
양덕 온천의 회상	조광	1939. 12
현대 여성미	인문평론	1940. 1
무전여행	박문	1940. 2
황율, 연초, 잠견―망향수필	농업조선	1940. 2
풍속시감	조선일보	1940. 5. 28~30
귀성	농업조선	1940. 7
가배	박문	1940. 7

순직―일지사변 3주년 기념	인문평론	1940. 7
직업과 연령―작중인물지	조광	1940. 11
여성의 직업문제―여성시평	여성	1940. 12
대리석	문장	1941. 4
한화수제(1) 지속 의식	매일신보	1941. 4. 17
한화수제(2) 소설다운 것	매일신보	1941. 4. 18
한화수제(3) 여실한 것	매일신보	1941. 4. 19
한화수제(4) 요설·다변성	매일신보	1941. 4. 20
한화수제(5~6) 용택 온천 상말	매일신보	1941. 4. 22~23
효석과 나	춘추	1942. 6
인물소묘―여운형	신천지	1946. 1
하와이 사투리―풍속시감	협동	1946. 8

■ 칼럼

예술학 건설의 임무*	조선중앙일보	1935. 7. 2
사(死)와 시(詩)*	조선중앙일보	1935. 7. 4
투르게네프와 영어 교사*	조선중앙일보	1935. 7. 28
공식과 문학사	조선중앙일보	1935. 10. 4
비평의 기준*	조선일보	1937. 7. 23
노아의 홍수*	조선일보	1937. 7. 24
문학적 분위기*	조선일보	1937. 7. 25
湯淺씨의「대추」*	조선일보	1937. 7. 28
엽서평론―잡담은 잡담	동아일보	1937. 9. 18
인간과 문학*	조선일보	1937. 10. 9
파우스트와 혼란*	조선일보	1937. 10. 20

■ 서평

독립신보　　　　　1946. 12. 10

■좌담

명일의 조선문학	동아일보	1938. 1. 1
신협「춘향전」좌담회	비판	1938. 12
신건할 조선문학의 성격	동아일보	1939. 1. 1～3
문학 건설 좌담회	조선일보	1939. 1. 1～3
벽초 홍명희 선생을 둘러싼 문학 담의		
	대조	1946. 1
조선문학의 지향―문인 좌담회 속기록		
	예술	1946. 1
문학자의 자기비판	인민문학	1946. 2
해방후 발표된 창작 총평회	신문학	1946. 6
강용흘 씨를 맞이한 좌담회	민성	1946. 9

■기타

편집자에게 주는 글(앙케트)	조선문학	1937. 4 · 5
여행 가자는 편지(앙케트)	여성	1938. 7
신인송(신인평)	동아일보	1938. 11. 3
연애시집 한 권쯤―내가 만일 시인이라면(앙케트)		
	인문평론	1940. 3
선후감(추천평)	인문평론	1941. 1
모던 문예사전(용어해설)	인문평론	1939. 10
당조직과 당의 문학(해제)	문학	1947. 4

■소설

조정안	조선지광	1931. 1
공장신문	조선일보	1931. 7. 5~15
공우회	조선지광	1932. 2
羅蘭溝	조선일보	1933. 3. 2(미완)
남편 그의 동지	신여성	1933. 4
물!	대중	1933. 6
생의 고민	조선중앙일보	1933. 11. 1(미완)
문예구락부	조선중앙일보	1934. 1. 25~2. 2
남매	조선문학	1937. 3
처를 때리고	조선문학	1937. 6
소년행	조광	1938. 2
춤추는 남편	여성	1937. 10
제퇴선	조광	1937. 10
요지경	조광	1938. 2
세기의 화문	여성	1938. 3~10
가애자	광업조선	1938. 3
생일전날	삼천리문학	1938. 4
미담	비판	1938. 6
누나의 사건	청색지	1938. 6
무자리	조광	1938. 9
철령까지	조광	1938. 10
포화(泡花)	광업조선	1938. 11
대하(大河)	인문사	1939. 1
녹성당	문장	1939. 3

주말여행	야담	1939. 3
이런 안해(혹은 이런 남편)	농업조선	1939. 4
5월	광업조선	1939. 5
바다로 간다	조선일보	1939. 5. 2~6. 15
항민(「5월」의 2부)	조선문학	1939. 6
이리	조광	1939. 6
장날	문장	1939. 6
길 위에서	문장	1939. 7
사랑의 수족관	조선일보	1939. 8. 1~1940. 3. 3
어머니(「5월」의 3부)	농업조선	1939. 9
단오(「5월」의 4부)	광업조선	1939. 10
T일보사	인문평론	1939. 11
속요	광업조선	1940. 1~5
낭비	인문평론	1940. 2~1941. 2(미완)
노고지리 우지진다	문장	1940. 6~7
경영	문장	1940. 10
어머니 삼제	조광	1940. 11
기행	조광	1941. 1
맥	춘추	1941. 2
그림	문장	1941. 2
오디	문장	1941. 4
개화풍경(「동맥」의 일부)	조광	1941. 5
등불	국민문학	1942. 3
구름이 말하기를	조광	1942. 6~11
或る朝	국민문학	1943. 1
신의에 대하여	조광	1943. 9

목화	한성시보	1945. 10
1945년 8·15	아동문학	1945. 10. 15 ~
		1946. 6. 28(미완)
정거장	자유신문	1945. 12
3·1운동	신천지	1946. 3 ~ 5
원뢰	인민평론	1946. 7
동맥(動脈)(1~2회)	신문예	1946. 7 ~ 10
동맥(動脈)(3~6회)	신조선	1947. 2 ~ 6(미완)
동방의 애인	예술통신	1946. 12. 16 ~ (미완)
꿀	문학예술	1951. 4

■ 단행본

대하	인문사	1939
소년행	학예사	1939
사랑의 수족관	인문사	1940
삼일운동	아문각	1947
대하	백양당	1947
맥	을유문화사	1947
사랑의 수족관	평범사	1949

연구서지

1945년 전

김석종, 「김남천 씨의 억설을 읽고―어찌하여 조선의 르네상스를 나치스의 색채로 채색하려는가」, 『조선중앙일보』, 1935. 11. 1~2.

김용제, 「'소년행'의 미로와 '호반' 작자의 비약」, 『동아일보』, 1937. 8. 11.

김팔봉, 「프로 문학의 현재 수준」, 『신동아』, 1934. 2.

동수생(冬水生), 「『대하』를 읽고」, 『비판』, 1939. 3.

박승극, 「푸로 작가의 동향―김남천의 과오에 대하여」, 『조선일보』, 1933. 9. 3.

백 철, 「김남천 저 『대하』를 독함」, 『동아일보』, 1939. 2. 8.

안함광, 「조선문학의 현대적 상모」, 『조선일보』, 1938. 3. 19~25.

_____, 「김남천론―문학의 주장과 실험의 세계―『대하』 작가가 걸어온 길」, 『비판』, 1939. 7.

유진오, 「침통한 문학 기타」, 『동방평론』, 1932. 4.

_____, 「문예시평―『대하』의 역사성」, 『비판』, 1939. 4.

윤규섭, 「문학의 재인식―창작방법론의 현실적 국면」, 『조선일보』,

1937. 11. 9~13.

윤기정, 「창작가로서의 김남천의 문학」, 『문학건설』, 1932. 12.

이원조, 「유월의 창작평—② 중도에 그친 자기 폭로」, 『조선일보』, 1937. 6. 21.

_____, 「구월 창작평—③ 작품의 여운과 긴장」, 『조선일보』, 1938. 9. 4.

_____, 「신간월평 『소년행』」, 『문장』, 1939. 6.

_____, 「대(代)유월 창작 평문」, 『인문평론』, 1940. 7.

_____, 「창작 월평—③ 대하의 중요성」, 『조선일보』, 1940. 7.

_____, 「2 · 3월 창작평」, 『인문평론』, 1941. 4.

임 화, 「1931년간의 카프예술운동의 정황」, 『중앙일보』, 1931. 12. 7~13.

_____, 「유월중의 창작」, 『조선일보』, 1933. 7. 12~19.

_____, 「비평의 객관성 문제—김남천의 「임화적 비평」에 대한 반론」, 『동아일보』, 1933. 11. 9~10.

_____, 「비평에 있어 작가와 그 실천의 문제—N에게 주는 편지를 대신하야」, 『동아일보』, 1933. 12. 19~21.

_____, 「작가의 눈과 문학의 세계—「남매」의 작가에게 보내주는 편지를 대신하야」, 『조선문학』, 1937. 6.

_____, 「소설의 인상—다섯 편의 단편을 읽은 감상」, 『춘추』, 1943. 1.

정인택, 「김남천 작 『사랑의 수족관』」, 『인문평론』, 1941. 1.

채만식, 「소재와 구성—민촌의 「묘목」과 남천의 「녹성당」」, 『동아일보』, 1939. 3. 9.

_____, 「김남천 저 『사랑의 수족관』 평」, 『매일신보』, 1940. 11. 19.

한 효, 「현실인식의 태도와 '모랄'—도덕론에 대한 약간의 인상」, 『비판』, 1938. 9.

현　민, 「문학의 영원성과 역사성―『대하』가 보여준 우리 문학의 신세기」, 『동아일보』, 1939. 2. 2.

_____, 「새 초석의 하나―김남천의 신저 『소년행』」, 『동아일보』, 1939. 4. 6.

1945년부터 2000년까지

강명효, 「1930년대 후반기 김남천 소설 연구」, 서울대 석사학위논문, 1997.

강성애, 「김남천 소설 연구―고발론과 모랄론의 관계를 중심으로」, 경남대 석사학위논문, 1993.

강수택, 『일상생활의 패러다임』, 민음사, 1998.

강영주, 「1930년대 소설론고」, 서울대 석사학위논문, 1976.

강옥희, 『한국 근대 대중소설 연구』, 깊은샘, 2000.

강운석, 「김남천 소설 연구―공간구조를 중심으로」, 숭실대 석사학위논문, 1992.

강진호, 「1930년대 후반 신세대 작가 연구」, 고려대 박사학위논문, 1997.

고정욱, 「김남천의 리얼리즘론과 『대하』의 성과」, 『수선논집』 14, 성균관대, 1989. 12.

곽승미, 「김남천 소설 인물 행위 연구」, 이화여대 석사학위논문, 1993.

_____, 「김남천 문학 연구―인식적 · 미학적 원리로서의 근대성」, 이화여대 박사학위논문, 2000.

권보드래, 「1930년대 후반 프롤레타리아 작가 소설 연구」, 서울대, 1994.

권성우, 「1920~30년대 문학비평에 나타난 '타자성' 연구」, 서울대 박사학위논문, 1994.

권영민, 『해방직후의 민족문학운동 연구』, 서울대학교출판부, 1986.

_____, 『한국 민족문학론 연구』, 민음사, 1989.

_____ 엮음, 『월북문인연구』, 문학사상사, 1989.

_____, 『소설과 운명의 언어』, 현대소설, 1992.

_____, 『한국현대문학사—1945~1990』, 민음사, 1993.

_____, 『한국 계급문학 운동사』, 문예출판사, 1998.

_____, 「근대소설 기원과 담론의 근대성」, 『문학동네』, 1998 가을호.

권오현, 「김남천 소설 연구」, 계명대 석사학위논문, 1991.

_____, 「김남천 지식인 소설 연구—작품 「낭비」, 「경영」, 「맥」을 중심으로」, 『계명어문학』 6, 1991. 10.

권혁준, 「김남천 소설 연구」, 계명대 석사학위논문, 1991.

김경수, 「세태소설 연구」, 서강대 석사학위논문, 1989.

_____, 「김남천 소설론의 전개 과정」, 『이정 정연찬선생 회갑기념 논총』, 1989.

_____, 「한국세태소설연구—개화기에서 해방 전까지」, 서강대 박사학위논문, 1992.

김기택, 「김남천 『대하』 연구」, 계명대 석사학위논문, 1998.

김기호, 「김남천 소설론의 전개 과정」, 한국외대 석사학위논문, 1989.

김동환, 「1930년대 한국 전향소설 연구」, 서울대 석사학위논문, 1987.

_____, 「1930년대 후기 장편소설에 나타나는 '풍속'의 의미 연구」, 『관악어문연구』 15, 1990.

김명임, 「김남천의 문학이론과 단편소설과의 상관관계 연구」, 인하

　　대 석사학위논문, 1991.

김미란, 「김효식 문학 연구」, 고려대 석사학위논문, 1987.

김성진, 「김남천의 고발문학론」, 『선청어문』 23, 서울대 사범대, 1995. 4.

김영민, 『한국 근대 문예비평 논쟁사 연구』, 일지사, 1999.

김외곤, 「1930년대 한국현실주의 소설 연구」, 서울대 석사학위논문, 1990.

_____, 「'물' 논쟁의 미학적 연구」, 『외국문학』, 1990 가을호.

_____, 「새나라 건설을 위한 노력과 좌절 ― 김남천의 「1945년 8. 15」」, 『외국문학』, 1992 여름호.

_____, 「『대하』와 『동맥』에 나타난 개화사상과 개화풍경」, 한국현대문학연구회 엮음, 『한국근대장편소설연구』, 모음사, 1992.

_____, 「사상없는 시대의 왜곡된 인간 군상 ― 김남천의 '사랑의 수족관' 론」, 『장편소설로 보는 새로운 민족문학사』, 열음사, 1993.

_____, 「김남천 문학에 나타난 주체 개념의 변모 과정 연구」, 서울대 박사학위논문, 1995.

_____, 『한국 근대 리얼리즘 문학 비판』, 태학사, 1995.

김용구, 「1930년대 소설에 나타난 주인공 의식 연구」, 서울대 박사학위논문, 1990.

김용선, 「「경영」, 「맥」의 내적 구조와 전향논리의 수준 ― 오시형의 전향동기와 논리를 중심으로」, 『청람어문학』 5, 1991. 11.

_____, 「김남천 전향소설 연구」, 한국교원대 석사학위논문, 1992.

김용희, 「김남천 소설 속의 도시성 ― 「경영」·「맥」·「가애자」·「녹성당」을 중심으로」, 『어문연구』 95, 한국어문교육연구회, 1997. 9.

김윤식, 『한국근대문예비평사 연구』, 일지사, 1976.

_____, 『한국근대문학사상사』, 한길사, 1984.

_____, 『한국현대문학사론』, 한샘, 1988.

_____, 「임화와 김남천, '물논쟁'에서 '문학가 동맹' 조직까지」, 『문학사상』 192, 1988. 10.

_____, 「해방공간 문화운동의 갈래와 그 전망―임화 김남천의 내면풍경 분석을 중심으로」, 『한국학보』 58, 1990. 3.

_____, 「김남천, 물논쟁, 논리적 대결의식」, 『임화 연구』, 문학사상사, 1990.

_____, 「1930년대 후반기 카프문인들의 전향유형 분석」, 『한국학보』, 1990 여름호.

_____, 「자기고발과 주체성 재건에 대하여」, 『김남천』, 새미, 1995.

_____, 『한국현대문학사상사론』, 일지사, 1992.

김윤식 · 정호웅 엮음, 『한국 근대 리얼리즘 작가 연구』, 문학과지성사, 1988.

_____, 『한국소설사』, 문학동네, 2000.

김인환, 「한국현대소설의 계보」, 『문학동네』, 1998 겨울호.

김재남, 『김남천 문학론』, 태학사, 1991.

김재용, 「1930년대 도시소설의 변모양상 연구―카프해산 전후를 중심으로」, 연세대 석사학위논문, 1987.

_____ 엮음, 『카프비평의 이해』, 풀빛, 1989.

_____, 「중일전쟁과 카프 해소 · 비해소파」, 『1950년대 남북한 문학』, 평민사, 1991.

김제자, 「김남천 문학론」, 창원대 석사학위논문, 2001.

김주일, 「1930년대 후반기 장편소설론의 사적 고찰」, 연세대 석사학위논문, 1986.

_____, 「1930년대 리얼리즘론 연구―임화, 김남천의 문예론을 중심으로」, 연세대 박사학위논문, 1993.

김진억, 「1930년대 후반기 장편소설론 일고―김남천을 중심으로」, 한양대 석사학위논문, 1986.

김춘섭, 「김남천의 관찰문학론」, 『한국학 연구』 2, 고대한국학연구소, 1989.

김하연, 「김남천 소설 연구」, 충남대 석사학위논문, 1995.

김현주, 「김남천·이기영의 작품에 나타난 기독교적 특성 연구」, 숙명여대 석사학위논문, 1991.

김형수, 「1930년대 김남천 리얼리즘론 연구」, 창원대 석사학위논문, 1991.

김혜영, 「김남천 문학의 현실 인식에 관한 연구」, 서울대 석사학위논문, 1990.

김효창, 「1930년대 전향소설의 의식변모 양상 연구―이기영·한설야·김남천을 중심으로」, 대구효성 카톨릭대 박사학위논문, 1998.

나병철, 「1930년대 후반기 도시소설 연구」, 연세대 박사학위논문, 1989.

_____, 「김남천의 소년 주인공 소설 연구」, 『비평문학』 3, 1989. 8.

_____, 「김남천의 창작 방법론 연구」, 『1930년대 민족 문학의 인식』, 한길사, 1990.

남금희, 「김남천의 단편소설 연구―소년 주인공 소설을 중심으로」, 한양대 석사학위논문, 1994.

남민영, 「김남천과 한설야의 1930년대 소설 연구」, 연세대 석사학위논문, 1991.

류보선, 「1930년대 예술 대중화론 연구」, 서울대 석사학위논문, 1987.

_____, 「환멸과 반성, 혹은 1930년대 후반기 문학이 다다른 자리」, 『민족문학사연구』 4, 1993.

_____, 「1930년대 후반기 문학비평 연구」, 서울대 박사학위논문, 1996.

류종렬, 「1930년대 말 한국 가족사연대기 소설 연구」, 부산대 박사학위논문, 1991.

문영진, 「김남천의 해방전 소설 연구」, 서울대 석사학위논문, 1989.

민병인, 「김남천 문학론 연구—1930년대 창작방법론의 전개를 중심으로」, 중앙대 석사학위논문, 1994.

박배식, 「김남천『대하』에 나타난 풍속성 연구」, 『동신대 인문 논총』 2, 1995. 6.

박상준, 「김남천 문학연구」, 명지대 석사학위논문, 1994.

박선영, 「김남천 단편소설 연구—서술상황을 중심으로」, 서강대 석사학위논문, 1994.

박수진, 「1930년대 후반기 창작 방법론 연구—김남천 비평을 중심으로」, 영남대 석사학위논문, 1997.

박영순, 「1930년대 세태소설 연구」, 이화여대 박사학위논문, 1990.

박헌호, 「30년대 후반 '가족사연대기' 소설의 의미와 구조」, 『민족문학사연구』4호, 1993.

배광호, 「1930년대 후반기의 장편소설론 연구—김남천 비평을 중심으로」, 영남대 석사학위논문, 1988.

배기정, 「1930년대 '가족사연대기' 소설 연구」, 경북대 석사학위논문, 1989.

서경석, 「김남천—정치적 실천과 문학적 실천」, 『월북문인연구』, 문학사상사, 1989.

_____, 「1930년대 문학 비평에 나타난 '탈근대성' 연구—임화·김남천 '사상' 모색을 중심으로」, 『한국학보』84, 1996. 9.

송민호, 『일제말 암흑기문학 연구』, 새문사, 1989.

송하춘, 「1930년대 후기 소설 논의의 실제에 관한 연구」, 『세계의 문학』, 1990 가을호.

_____, 『탐구로서의 소설 독법』, 고려대학교출판부, 1996.

신동욱, 「김남천 소설에 나타난 지식인의 자아확립과 전향자의 문제」, 『동양학』 21, 1991.

신두원, 「임화의 현실주의론 연구」, 서울대 석사학위논문, 1991.

신상성 엮음, 『김남천 연구』 1, 경운출판사, 1990.

_____, 「한국가족사 소설의 형성과 리얼리즘 연구―김남천의 『대하』를 중심으로」, 『국어국문학』 101, 1989. 5.

신재기, 「김남천의 『대하』론」, 『상지전문대논문집』 19, 1989. 12.

_____, 「이원조와 김남천 비평의 시대대응논리」, 『상지전문대논집』 20, 1990. 12.

신형기, 「역사의 방향―김남천의 「1945년 8·15」」, 『해방기 소설 연구』, 태학사, 1992.

신혜경, 「김남천 소설 연구」, 덕성여대 석사학위논문, 1994.

신희교, 「김남천의 세계관과 창작방법 연구」, 『어문논집』 34, 1995.

_____, 『일제말기 소설 연구』, 국학자료원, 1996.

심규찬, 「이북명과 김남천의 노동소설 비교 연구―공장 내 사건을 다룬 작품에 한정하여」, 국민대 석사학위논문, 1996.

양윤모, 「김남천의 『대하』 연구」, 고려대 석사학위논문, 1991.

오양호, 「김남천의 『대하』론 ―한국대하소설연구」, 『동서문학』, 1990. 5.

우한용, 『한국현대소설 구조 연구』, 삼지원, 1990.

원은영, 「가족사연대기 소설 연구―김남천의 『대하』, 이기영의 『봄』, 한설야의 『탑』을 중심으로」, 이화여대 석사학위논문, 1992.

유문선, 「1930년대 창작 방법론 연구」, 서울대 석사학위논문, 1987.

윤영옥, 「김남천 소설 연구—1935~1945년을 중심으로」, 전북대 석사학위논문, 1992.

이 경, 『한국 근대 소설의 근대성 수용양식』, 태학사, 1999.

이덕화, 『김남천 연구』, 청하, 1991.

이동하, 「일제말 지식인의 고뇌와 갈등」, 『현대문학』, 1989. 9.

_____, 「김남천의 「경영」·「맥」 연작에 대한 재고찰」, 『운당 구인환 선생 화갑기념 논문집』, 한샘, 1989.

이명재, 『김남천』, 지학사, 1992.

이병호, 「김남천 소설의 서술 방법 연구」, 서울대 석사학위논문, 1994.

이상갑, 「1930년대 후반 창작 방법론 연구」, 고려대 박사학위논문, 1994.

_____, 『한국근대문학과 전향문학』, 깊은샘, 1995.

_____ 엮음, 『김남천』, 새미, 1995.

이선영, 『리얼리즘을 넘어서』, 민음사, 1995.

이선영 외, 『한국근대문학비평사 연구』, 세계, 1989.

이수형, 「김남천 문학 연구—이데올로기와 실천의 관계를 중심으로」, 서울대 석사학위논문, 1998.

이순직, 「김남천 소설 연구」, 국민대 석사학위논문, 1992.

이영애, 「김남천 소설 연구」, 경북대 석사학위논문, 1990.

이은영, 「이니시에이션 소설의 서사구조와 비유 연구—김남천·황순원의 단편을 중심으로」, 서강대 석사학위논문, 2000.

이은자, 「김남천 후기 단편에 나타난 내면 갈등의 변모 양상—창작집 『맥』을 중심으로」, 『숙명여대원우논총』 9, 1991. 8.

_____, 『일제말 지식인의 내면 갈등의 변모 양상』, 깊은샘, 1995.

이재선, 「김남천 소설의 양상」, 『현대문학』, 1989. 6.

_____, 「궁핍한 시대의 삶의 양상」, 『북으로 간 작가 선집』 1, 을유문화사, 1988.

_____, 『한국현대소설사』, 홍성사, 1984.

_____, 『한국문학의 원근법―방법론적 성찰』, 민음사, 1996.

이재인, 『김남천 문학』, 문학아카데미, 1996.

이정윤, 「김남천 소설 연구」, 건국대 석사학위논문, 1990.

이주형, 「1930년대 한국장편소설 연구」, 서울대 박사학위논문, 1983.

_____, 「일제강점시대 말기 소설의 현실대응 양상」, 『한국근대소설연구』, 창작과비평사, 1995.

이현식, 「관조주의적 미학과 리얼리즘의 가능성―1930년대 후반 김남천의 단편소설들」, 『현상과 인식』 62, 1994. 10.

_____, 「1930년대 후반 한국 문예비평이론 연구―특히 주체문제와 관련하여」, 연세대 박사학위논문, 1995.

이호규, 「김남천 『대하』 연구―『대하』의 창작 구도와 작품과의 연관에 대해」, 『연세어문학』 25, 1993. 2.

이 훈, 「1930년대 임화의 문학론 연구」, 서울대 박사학위논문, 1993.

임규찬, 『한국근대소설의 이념과 체계』, 태학사, 1998.

임은영, 「김남천 소설 연구―전향소설을 중심으로」, 성균관대 석사학위논문, 1994.

임 화, 『문학의 논리』, 서음출판사, 1989.

임환모, 「김남천의 고발문학론 연구」, 『전남대어문논총』, 12 · 13, 1991. 2.

_____, 「1930년대 한국문학비평 연구―김남천의 리얼리즘과 최재서의 모더니즘을 중심으로」, 전남대 박사학위논문, 1992.

_____, 『문학적 이념과 비평적 지성―1930년대 김남천의 리얼리

즘론과 최재서의 모더니즘론』, 태학사, 1993.

장사선, 『한국리얼리즘 문학론』, 새문사, 1988.

장성수, 「1930년대 경향소설 연구」, 고려대 박사학위논문, 1989.

전경희, 「김남천 소설의 저항성 연구 —『경영』과 『맥』을 중심으로」, 부산대 석사학위논문, 1990.

전범진, 「지식인 인물의 유형과 권력의 상관성 연구—1930년대 김남천의 리얼리즘론과 최재서의 모더니즘론」, 고려대 석사학위논문, 1997.

정성식, 「김남천 소설 연구 —「남매」, 「소년행」, 「누나의 사건」, 「무자리」를 중심으로」, 한양대 석사학위논문, 1992.

정재석, 「한국소설에서의 유년시점 연구—김남천·현덕·황순원 소설의 유년 인물을 중심으로」, 서강대 석사학위논문, 1995.

정찬영, 「1930년대 후반기 리얼리즘론 연구, 김남천과 임화를 중심으로」, 부산대 석사학위논문, 1992.

정호웅, 「주체의 정립과 리얼리즘」, 『한국근대리얼리즘론 작가 연구』, 문학과지성사, 1988.

_____, 「새로운 세계에 대한 열망과 그 한계—김남천의 『대하』론」, 『장편소설로 보는 새로운 민족문학사』, 열음사, 1993.

정희모, 「1930년대 후반 김남천의 장편소설론 연구」, 한국문학연구회 엮음, 『1930년대 문학 연구』, 평민사, 1993.

조건상, 「김남천 소설 연구—단편집 『소년행』을 중심으로」, 『성균관대인문과학』 22, 1992. 3.

조계숙, 「1930년대 후반기의 장편소설론 연구」, 고려대 석사학위논문, 1983.

조남현, 「『대하』 1·2부의 재해석」, 『소설과 사상』, 1993 봄호.

조정환, 『민주주의 민족 문학론과 자기비판』, 연구사, 1989.

조진기, 「김남천의 『대하』 연구」, 『영남어문학』 30, 1996. 12.

조현일, 「1920~30년대 노동소설 연구」, 서울대 석사학위논문, 1991.

주일란, 「김남천 소설 연구―해방 전 단편소설을 중심으로」, 숙명
여대 석사학위논문, 1991.

차혜영, 「1930년대 한국소설의 근대성과 모더니즘적 전망」, 『1930
년대 후반 문학의 근대성과 자기 성찰』, 깊은샘, 1998.

채호석, 「김남천 창작방법론 연구」, 서울대 석사학위논문, 1987.

_____, 「1930년대를 바라보는 몇 가지 방식―문학사와 방법론」,
『민족문학사연구』 10, 1997 상반기호.

_____, 「임화와 김남천의 비평에 나타난 '주체'의 문제」, 상허문학
회, 『1930년대 후반 문학의 근대성과 자기 성찰』, 깊은샘, 1998.

_____, 「김남천 문학연구」, 서울대 박사학위논문, 1999.

_____, 「김남천의 『대하』를 빌미로 한 몇 가지 생각」, 『문학과 교
육』 7, 1999 봄호.

_____, 『한국근대문학과 계몽의 서사』, 소명출판, 1999.

채훈 외, 『월북작가에 대한 재인식』, 깊은샘, 1995.

최병우, 「한국근대일인칭 소설 연구」, 서울대 박사학위논문, 1992.

최유찬, 「1930년대 한국리얼리즘론 연구」, 『한국근대문예비평사 연
구』, 세계, 1989.

하응백, 「김남천 문학 연구―문학과 정치의 상관관계를 중심으로」,
경희대 박사학위논문, 1993.

_____, 『김남천 문학 연구』, 시와시학사, 1996.

하정일, 「프리체의 리얼리즘관과 30년대 후반의 리얼리즘론」, 한국
문학연구회 엮음, 『1930년대 문학 연구』, 평민사, 1993.

_____, 『20세기 한국문학과 근대성의 변증법』, 소명출판, 2000.

한국비평문학 외, 『혁명 전통의 부산물―납·월북 문인 그후』, 신

원문화사, 1989.

한국문학연구회 엮음, 『1930년대 문학연구』, 평민사, 1993.

한금윤, 「김남천의 『대하』 연구」, 연세대 석사학위논문, 1993.

한승옥, 『한국 현대 장편소설 연구』, 1989.

한형구, 「일제말기시대 미의식에 관한 연구」, 서울대 박사학위논문, 1992.

현길언, 「닫힌 시대와 역사에 대한 소설적 전망」, 『세계의 문학』, 1989 겨울호.

_____, 「이념형 소설 읽기의 한 예—김남천의 초기 소설의 의미」, 『현대문학』, 1995. 3.

_____, 「김남천 소설 연구—전향의 논리와 지식인상」, 『한양대한국학논총』 29, 1996. 8.

호테이 토시히로(布袋敏博), 「일제말기 일본어 소설 연구」, 서울대 석사학위논문, 1996.

황국명, 「1930년대 후반기 장편 소설론 연구—김남천의 장편소설 개조론을 중심으로」, 『인제논총』 9-2, 1993. 12.

_____, 「계급문학에서의 장편소설 논쟁」, 『경남대인문논총』 6, 1994. 12.

황순재, 「한국 관념소설의 재현방식 연구」, 부산대 박사학위논문, 1996.

후지이시 다카요(藤石貴代), 「1930년대 후반 한국 전향소설 연구」, 서울대 석사학위논문, 1997.

2001년 이후

공임순, 「식민지 시대 소설에 나타난 사회주의자의 형상 연구」, 『한국근대문학연구』7, 한국근대문학회, 2006.

_____, 「자기의 서벌턴화와 코스모폴리탄이라는 이념형—'전향과 김남천의 소설」, 『상허학보』14, 상허학회, 2005.

곽승미, 「근대성 비판으로서의 "형식"—김남천의 경우」, 『현대소설연구』, 한국현대소설학회, 2001.

_____, 「김남천 성장소설의 의미」, 『한국근대문학연구』3, 한국근대문학회, 2002.

_____, 『1930년대 후반 한국문학과 근대성』, 푸른사상, 2003.

_____, 「내면 공간의 확보와 주체 정립—김남천 소설의 방과 길」, 『한국근대문학연구』4, 2003.

권성우, 「김남천의 에세이 연구」, 『우리말글』31, 우리말글학회, 2004.

김동석, 「김남천의 『1945년 8·15』 연구」, 『현대소설연구』, 한국현대소설학회, 2005.

김문주, 「이기영의 『고향』과 김남천의 『대하』 비교 연구」, 『비교한국학』, 국제비교한국학회, 2006.

김성연, 「김남천 『제퇴선(祭退膳)』 연구—전향자의 방황이 내포한 생산적 의미탐구」, 『한민족문화연구』, 한민족문화학회, 2005.

김수영, 「김남천의 『경영』과 『맥』에 나타난 "동양론" 고찰」, 『한민족문화연구』, 한민족문화학회, 2006.

김영진, 「해방기 대중화론의 전개」, 『어문론집』, 중앙어문학회, 2000.

김중현, 「발자크와 김남천」, 『프랑스학연구(프랑스문화읽기)』27, 프랑스문화학회, 2003.

김 철, 「'근대의 초극', 『낭비』 그리고 베네치아(Venetia)—김남천과 근대초극론」, 『민족문학사연구』, 민족문학사학회, 2001.

김한식, 「1930년대 후반 김남천의 창작방법론과 장편소설 『사랑의 수족관』」, 『한국문학이론과 비평』 10, 한국문학이론과 비평학회, 2001.

_____, 「김남천의 『1945년 8·15』 연구」, 『현대소설연구』, 한국현대소설학회, 2001.

노상래, 「암흑기 김남천 소설 연구」, 『우리말글』 37, 우리말글학회, 2006.

_____, 「한 식민지 지식인의 근대초극하기」, 『일본문화연구』, 동아시아일본학회, 2007.

박어령, 「김남천 소설 연구―서술 기법과 식민 자본주의 제도 비판을 중심으로」, 서울대 석사학위논문, 2006.

박영근, 「프랑스문학이입사―김남천 문학이론을 중심으로」, 『불어불문학연구』, 한국불어불문학회, 2005.

백지혜, 「1930년대 후반 김남천 소설에 나타난 "가정"의 의미」, 『한국근대문학연구』 7, 한국근대문학회, 2006.

서영인, 「근대인간의 초극과 리얼리즘―김남천의 일제말기 비평 연구」, 『국어국문학』 137, 국어국문학회, 2004.

_____, 「김남천 연구에 나타난 "근대성 담론"의 이데올로기」, 『어문논총』, 한국문학언어학회, 2002.

_____, 「김남천의 해방기 문학해석을 위한 시론―『1945년 8·15』를 중심으로」, 『어문논총』, 한국문학언어학회, 2006.

선주원, 「담론 주체의 타자성 읽기와 소설교육―김남천의 『경영』과 『맥』을 중심으로」, 『현대문학의 연구』, 한국문학연구학회, 2004.

이의연, 「전향에 따른 가족관계의 변화 고찰―김남천의 『처를 때리고』, 『춤추는 남편』」, 『한민족문화연구』, 한민족문화학회, 2005.

이진형, 「김남천의 소설 정치학」, 『현대문학의 연구』, 한국문학연구
학회, 2007.

이철호, 「동양, 제국, 식민주체의 신생─1930년대 후반 김남천과
김사량 소설을 중심으로」, 『한국문학연구』 26, 동국대학교 한
국문학연구소, 2003.

이희환 외, 「김남천 친족인터뷰─기억 속의 김남천」, 『작가들』,
2002 하반기호.

_____, 「김남천의 생애」, 『1945년 8·15』, 도서출판 작가들, 2007.

임관수, 「김남천의 소설론연구」, 『어문연구』 35, 어문연구학회,
2001.

장성규, 「카프 해소 직후 김남천의 문학적 모색─『문예가』 소재 김
남천의 비평 세 편」, 『민족문학사연구』, 민족문학사학회, 2006.

정여울, 「풍속의 재발견을 통한 계몽의 재인식─김남천의 『대하』
론」, 『한국현대문학연구』 14, 한국현대문학회, 2003.

차승기, 「한국 문학사의 쟁점 3─1930년대: 임화와 김남천, 또는
"세태"와 "풍속"」, 『현대문학의 연구』, 한국문학연구학회, 2005.

최주한, 「신체제 이념과 김남천의 리얼리즘론」, 『대동문화연구』, 성
균관대학교 대동문화연구원, 2006.

최택균, 「전향문학의 논리와 서사구조연구─김남천의 『경영』,
『맥』, 『낭비』를 중심으로」, 『어문학교육』 23, 한국어문교육학
회, 2001.

한민주, 「1930년대 후반기 전향소설에 나타난 남성 매저키즘의 의
미─김남천과 한설야를 중심으로」, 『여성문학연구』, 한국여성
문학학회, 2003.

한수영, 「유다적인 것, 혹은 자기성찰로서의 비평」, 『문학수첩』, 2005
겨울호.

함태영, 「유다적인 것의 박탈과 새로운 주체의 정립—김남천의 모
    랄론을 중심으로」, 『한국근대문학연구』 4, 2003.
허병식, 「교양소설과 주체확립의 동력학—김남천의 『대하』를 중심
    으로」, 『한국근대문학연구』 2, 한국근대문학회, 2001.
_____, 「직분의 윤리와 교양의 종결—김남천의 『사랑의 수족관』을
    중심으로」, 『현대소설연구』, 한국현대소설학회, 2006.
홍원경, 「김남천의 창작방법론 변모과정」, 『어문론집』, 중앙어문학
    회, 2003.